STUDIOS
TALMA

Du même auteur :

– *La France doit savoir*, Plon, sept. 2019.

Photo de couverture : Salim
Illustrations : © Florence Nurit
ISBN : 978-2-37790-014-5

Talma Studios
231, rue Saint-Honoré
F-75001 Paris
www.talmastudios.com
info@talmastudios.com

Noam Anouar

100 CONSEILS POUR VOTRE SÉCURITÉ

STUDIOS TALMA

Introduction

Fonctionnaire de police depuis 2006, j'ai exercé ma carrière en sécurité publique, à la police aux frontières et dans le renseignement, en région parisienne. Elle compte parmi les zones les plus criminogènes du territoire national et abrite des menaces endogènes, variées et permanentes. En conséquence, près de dix années passées dans un service de renseignement à analyser les phénomènes de délinquance et de violence urbaine m'ont formé à l'observation, la réflexion et l'analyse, dans l'objectif de contribuer à élaborer des stratégies de prévention.

À travers ce contexte, j'ai rencontré et travaillé avec des professionnels de tous horizons – policiers de terrain, pompiers, criminologues, agents de sécurité, banquiers, assureurs, serruriers... Ils m'ont fait profiter de leurs compétences respectives et permis de constituer un réseau de personnes ressources en matière de sécurité et d'assistance aux victimes. Ils sont donc présents dans ces pages et je les en remercie.

Pour l'avoir vécu, l'application d'un seul de ces conseils peut éviter un drame, donc changer le cours d'une vie, en épargnant le traumatisme qui en découle. Telle est l'ambition de ce livre, qui souhaite offrir une réponse au besoin croissant et universel de sécurité. Centré sur les biens et les personnes, il ne saurait être exhaustif tant les situations d'insécurité sont multiples. Par exemple, il ne traitera pas des aspects propres aux entreprises, même si elles peuvent aussi bénéficier de ces conseils, en les appliquant pour renforcer leur sécurité.

Il ne vous reste plus désormais qu'à les découvrir et les intégrer dans la vie de tous les jours.

Bonne lecture !

Noam Anouar

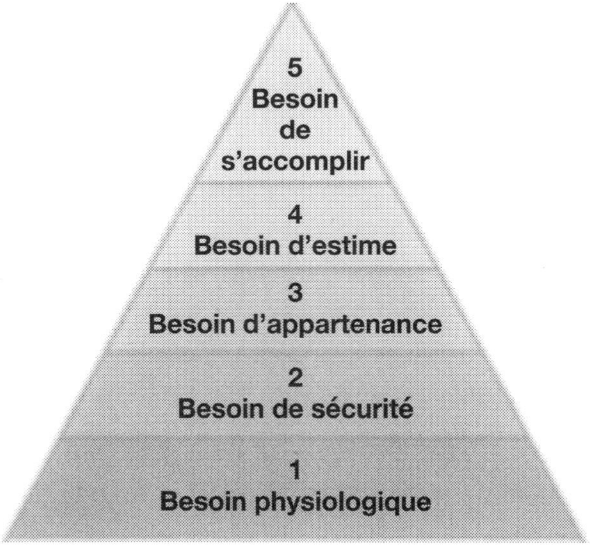

La pyramide de Maslow

La notion de sécurité

Le Larousse (version en ligne) donne les définitions suivantes au mot « sécurité » :

1. Situation dans laquelle quelqu'un, quelque chose n'est exposé à aucun danger, à aucun risque, en particulier d'agression physique, d'accidents, de vol, de détérioration.

2. Situation de quelqu'un qui se sent à l'abri du danger, qui est rassuré.

3. Absence ou limitation des risques dans un domaine précis.

Parmi les besoins illustrés par la pyramide de Maslow, la sécurité arrive en deuxième position après les besoins vitaux ou physiologiques. C'est dire son importance. Après l'oxygène et la nourriture, elle constitue une valeur indispensable à notre épanouissement.

Pourtant, contrairement à ce que l'on pourrait penser, la vie moderne et le développement technologique n'ont pas augmenté la sécurité ou réduit l'insécurité, bien au contraire, car apparaissent de nouvelles formes de délinquance, que ce soit avec l'omniprésence d'internet, les moyens de paiement digitaux, etc. Désormais, les délinquants profitent aussi de la mondialisation.

Bien qu'il s'agisse d'une mission prioritaire des services de l'État, la sécurité connaît de forts niveaux de disparité dans la façon dont le service public opère à travers le territoire.

À la différence de bien d'autres missions régaliennes, elle constitue avant tout une valeur, une aspiration et surtout un droit pour chacun. C'est sans doute pourquoi nous ne pouvons pas totalement nous en désintéresser et la laisser exclusivement entre les mains des pouvoirs publics.

La sécurité, une affaire de service public ?

Les chiffres désignent la sécurité comme une problématique globale, correspondant elle-même à la somme de multiples problématiques individuelles. Or, la victime d'une agression ou d'un vol est toujours seule, et le traumatisme qu'elle vit ne peut se résumer à une variable statistique. Pourtant, au cours de ma carrière, il m'est arrivé d'entendre ce type de discours de la part d'officiers de police :

> Monsieur, je suis le commissaire de votre ville. Sachez que je regrette que votre voiture ait été incendiée. Sachez toutefois, si cela pouvait vous réconforter, que le nombre de véhicules brûlés sur notre département est en baisse constante depuis trois ans, grâce à l'action de notre ministre. Pensez, pour obtenir un meilleur dédommagement la prochaine fois, à souscrire à une formule d'assurance adéquate.

> Madame, nous avons identifié votre agresseur. Dans la mesure où il est très défavorablement connu de nos services pour commettre régulièrement les mêmes faits, nous espérons, cette fois, au regard de la gravité du crime qu'il a commis à votre encontre, le faire condamner lourdement. Merci d'avoir déposé plainte. Grâce à des démarches comme la vôtre, les agressions auront baissé de 0,9 % d'ici la fin de l'année, et ce, sur l'ensemble du territoire.

Ce genre de propos, qui sonnent comme des discours politiques, ne répondent en rien à nos besoins lorsque nous sommes confrontés à une situation d'insécurité, quelle qu'en soit la nature et la cause. En effet, savoir que moins de voitures ont brûlé au Nouvel An que les années précédentes nous concerne à titre collectif, certes, mais pas lorsque notre propre voiture a été incendiée. Ainsi, il est impossible de percevoir l'insécurité comme un sentiment quantifiable par des sondages et des statistiques, alors qu'il s'agit d'une réalité malheureusement trop concrète.

Or, sans adopter une quelconque posture idéologique ou partisane, nous constatons, impuissants, que les moyens du service public s'amenuisent au fil du temps et que les multiples responsables de cet état de fait se renvoient la responsabilité de cette déliquescence, sans pour autant en nier la véracité. Ce serait difficile de toute façon, car force est de constater que la délinquance et la criminalité prospèrent et perdurent dans notre société. De plus, elles s'adaptent continuellement à la répression, à la modernité et aux nombreuses failles des dispositifs inhérents à nos modes de vie.

Jeune policier, j'ai la chance d'être rapidement intégré à la Direction du renseignement chargée de la lutte antiterroriste. Réunis en un lieu secret pour recevoir l'onction, les mots de l'officier chargé de notre formation résonnent encore en mon âme :

> Vous êtes désormais des professionnels responsables et autonomes. Pour combattre les terroristes, il vous faudra plonger dans leur conscience, raisonner comme il le font, en vous imprégnant de leur culture, leurs façons

d'être et de penser. Sans cela, votre œuvre ici sera vaine et vous courrez à l'échec. Laissez aux journalistes le loisir de craindre une attaque à chaque anniversaire du 11 Septembre. Nous, nous savons qu'il n'en sera rien. Nous ne sommes pas journalistes.

En effet, nous ne pouvons pas nous contenter d'attendre les attentats, qui peuvent se produire à tout moment et pas seulement aux dates anniversaires, nous devons rester en vigilance permanente.

Dans cette optique, je vous propose de réfléchir ensemble aux moyens de se soustraire à la délinquance ordinaire, en adoptant une logique de substitution similaire. À vous ensuite le soin de raisonner selon une logique individualisée, c'est-à-dire propre à vous-même et à votre environnement.

Les sources majeures de l'insécurité

Sur certains plans, l'homme est considéré comme un animal ordinaire, doté d'un instinct de prédation et d'un instinct de survie. Ce dernier fonctionne grâce à une boussole interne dédiée à évaluer en permanence les dangers environnants, afin de s'en prémunir, comme autant de signaux naturels auxquels nous sommes naturellement attentifs. Par exemple, malgré un état de fatigue prononcé, nous pouvons ne pas trouver le sommeil si nous ne sommes pas dans un lieu sécurisé. De même, face à certaines situations, nous serons conduits à crier, nous enfuir, etc., sans que notre mental ait pris une grande part à la décision.

Dans la vie moderne, nous sommes régulièrement, pour ne pas dire constamment, abreuvés d'informations anxiogènes via des canaux connectés telles les chaînes d'information continue, les notifications en temps réel, en tout lieu et à toute heure... En conséquence, elles peuvent dérégler nos baromètres personnels et altérer l'appréciation des situations, donc parfois générer un stress exacerbé, de l'angoisse, de la négligence, voire de la mise en danger, conduisant chacun d'entre nous à sous-évaluer ou surévaluer la réalité des risques et des menaces. La conséquence est qu'un rien ou presque rien en apparence peut affecter une vie et celle de tous les proches de façon indélébile.

Par exemple, tandis que je viens d'être affecté au Renseignement, nous recevons une alerte de la sécurité publique : dans une ville voisine, une enfant de 18 mois vient de décéder d'une chute de dix étages, alors qu'elle avait été confiée à ses grands-parents. Ceux-ci, peu habitués à recevoir de la visite, avaient aménagé leur salon en disposant une banquette-lit juste sous la fenêtre, restée ouverte pour aérer le logis en cette période estivale. Pendant leur sieste journalière, l'enfant escalade la banquette et bascule par la fenêtre. Ce n'est qu'après avoir été réveillés par le voisinage et les forces de police que les grands-parents découvrent le drame. Comment vivre avec ensuite, en pensant qu'il aurait suffi de penser à fermer la fenêtre ?[1]

Pour conclure, il y a un juste milieu à évaluer entre l'insouciance et l'obsession paranoïaque.

Nous tenterons, au travers de cet ouvrage, d'initier une réflexion profitable à chacun, en fonction de ses besoins, de son mode de vie et, surtout, de la réalité de la société du XXIe siècle.

Plus qu'un inventaire, fatalement impossible à réaliser, la sécurité est avant tout un mode de vie et une façon de penser.

---

1. Nous n'aborderons pas dans ce livre la sécurité des enfants, même si certaines règles présentées dans ces pages s'appliquent aussi à eux, car ce sujet nécessiterait un livre spécifique.

De nouveaux maux, une logique ancienne

Concrètement, la majeure partie des malfaiteurs est motivée par l'appât du gain (malfrats) ou contrôlés par des pulsions (toxicomanes, délinquants sexuels, violences intrafamiliales).

Dans le premier cas, le vol et ses dérives obéissent à une logique d'intérêt et de valeurs incitatives d'acquisition immédiate, selon un risque calculé (probabilité d'être confondu et condamné contre la probabilité d'enrichissement).

En conséquence, la prévention efficace consiste à dissuader le malfaiteur d'agir contre vous, en inversant en sa défaveur le ratio des probabilités.

Rappelons toutefois qu'il ne vous appartient pas de l'appréhender ou de l'écarter durablement : c'est avant tout le rôle des forces de sécurité.

Dans le second cas, la personne en proie à l'addiction adopte un comportement compulsif qui affecte sa faculté de raisonnement logique, rendant vaine toute dissuasion trop élaborée.

Il est donc nécessaire de créer en amont des dispositions écartant toute possibilité de mise en œuvre de l'acte d'agression, soit en dressant des obstacles préventifs (physiques ou matériels), ou adopter, le cas échéant, une posture défensive.

Depuis le début de notre réflexion, c'est la première fois que nous envisageons l'éventualité d'une confrontation inéluctable. Il s'agit donc d'une fatalité, ou de l'échec possible, hélas, des dispositifs préventifs.

Cela ne signifie pas qu'il faille se résigner, bien au contraire. Nous devons justement et opportunément renforcer notre capacité à agir sur les moyens :

– de collecter des preuves, traces et indices pouvant orienter une enquête ultérieure ;

– de limiter les conséquences, la durée et l'intensité de l'agression.

Voici un extrait du célèbre article 73 du Code de procédure pénale (version en vigueur depuis le 2 juin 2014) :

> Dans les cas de crime flagrant ou de délit flagrant puni d'une peine d'emprisonnement, toute personne a qualité pour en appréhender l'auteur et le conduire devant l'officier de police judiciaire le plus proche.

Cet article, souvent évoqué dans les affaires de justice, sert de base aux forces de sécurité pour justifier l'acte d'interpellation. Cependant, prudence : sans formation juridique adaptée, il n'est pas évident de dissocier le flagrant délit puni d'une peine d'emprisonnement des larcins, sur lesquels vous n'auriez aucun droit d'intervenir sans pouvoir de constatation.

De plus, les techniques d'interpellation d'un individu nécessitent la connaissance de gestes et de conduites spécifiques.

Par conséquent, le compromis optimal demeure pour un particulier de se rendre utile en donnant l'alerte plutôt que d'intervenir directement.

Qu’est-ce que la sécurité pratique ?

Prenons l’exemple récent d’une ville de France désignée pour accueillir une salle de shoot, structure dédiée aux toxicomanes afin qu’ils soient encadrés pour leur consommation de drogue.

L’implantation de ce lieu a été décidée de façon stratégique en raison de sa proximité avec un certain nombre de points de vente de stupéfiants, non sans causer l’inquiétude des riverains.

Pour cause, un toxicomane est par définition dépendant et sous emprise. En principe, il errera à proximité du point de vente, jusqu’à trouver la source de financement nécessaire à sa consommation.

Pour se prémunir d’un risque local devenu permanent, il faudra donc adopter un raisonnement adapté à la réalité du terrain dans la façon d’organiser son déplacement. Déjà, est-il indispensable à l’heure où nous l’effectuons ? Les voies piétonnes ont-elles un niveau de visibilité et de luminosité équivalent, notamment la nuit ? En effet, cela tombe sous le sens que certains horaires sont plus critiques que d’autres. Puis-je différer mon déplacement seul(e), voire me regrouper avec des voisins ou des proches pour sortir accompagné(e) ? À défaut, il vaut sans doute mieux éviter de se promener avec des espèces ou devoir retirer de l’argent à un distributeur automatique. S’il s’agit d’une course que l’on doit aller chercher, est-il possible de prépayer en ligne l’achat ?

Autant de questions importantes à se poser pour les riverains dans la nécessité de s’adapter à cette situation nouvelle.

Une ébauche de solution : le principe d'anticipation

Ce qui s'applique aux terroristes reste valable pour les délinquants. Encore faut-il connaître la délinquance et son mode de fonctionnement – sans pour autant y avoir été confronté, c'est encore mieux. Il est donc indispensable de pénétrer les esprits, pour mieux comprendre leurs motivations et leurs mécanismes de réflexion, afin de mieux les combattre et les dissuader.

Comment y parvenir efficacement ? Choisissent-ils leurs cibles au hasard ? Quand décident-ils de passer à l'action ? Pourquoi à tel endroit plutôt qu'à un autre ? Au final, cela revient à s'interroger sur notre vulnérabilité et comment nous protéger. Nous devons donc prendre en compte la prévention ainsi que l'action. En effet, ce n'est pas devant le fait accompli, face à une situation d'urgence, qu'il est toujours possible de manifester la réaction adaptée. Pour l'avoir vécu et partagé avec mes collègues, la prise de décision adéquate ne s'improvise pas dans l'urgence si elle n'a pas fait l'objet d'une bonne préparation mentale et d'un conditionnement efficace.

Certes, la logique d'anticipation, telle que nous la présentons dans ces pages, n'est pas exhaustive, permanente, infaillible ou universelle, néanmoins elle a fait ses preuves. Alors, pourquoi ne pas la découvrir et s'en priver ?

Chapitre 1

Agir sur soi, conditionner sa pensée : les fondamentaux

Nous évoquerons dans ce chapitre, entre autres, la sécurité dans les contextes collectifs ou familiaux, par exemple la conduite à tenir lors d'un déplacement en voiture ou lorsque nous nous trouvons à la maison. Commençons par les premiers conseils :

- Je me résous à appliquer des principes de sécurité, et à m'y tenir.

Même si la totalité des conseils mentionnés dans cet ouvrage sont importants à mettre en œuvre, celui-ci l'est plus que tous les autres, puisqu'il détermine votre capacité à intégrer et appliquer le contenu de ce livre.

- À compter d'aujourd'hui, je m'impose de respecter mes engagements vis-à-vis de moi-même et des autres. Je me fais également la promesse de ne plus me mettre en danger en cédant à la facilité, à la simplicité, voire à la paresse. En effet, changer son fonctionnement, parfois son environnement, impose de la discipline et des efforts.

Par analogie, les personnes qui entreprennent un régime perdent parfois leur temps et leur argent plutôt que du poids pour n'avoir pas respecté le programme et les principes fixés au départ. Il est donc nécessaire de prendre conscience que modifier ses habitudes n'a d'intérêt que si la rigueur accompagne notre réflexion et nos efforts.

En somme :

- Au cours de cette lecture, je surligne les passages qui me paraissent pertinents et importants par rapport à ma situation.
- Je marque ou plie les pages que je souhaite relire ou sur lesquelles je souhaite arrêter ma réflexion.
- Ce livre ne sera jamais dissocié d'un stylo, afin de pouvoir y apporter mes observations et mes compléments d'information nécessaires à mettre en œuvre pour améliorer ma situation (une partie « Notes » a spécialement été prévue à cet effet en fin de livre).
- Je pourrai partager et échanger ma réflexion avec mes proches et mon entourage pour qu'ils puissent aussi en bénéficier.
- Je garde toujours à l'esprit que ma sécurité n'impacte pas uniquement ma propre existence, mais a aussi des conséquences directes sur les personnes dont je suis responsable.
- Quand je suis en sécurité, je rassure les personnes qui tiennent à moi, et cela leur est bénéfique. Surtout si elles dépendent de moi dans leur vie quotidienne.

  En prenant les bonnes précautions et décisions, et en acquérant les bons réflexes, je me préserve et préserve par conséquent mon entourage proche.

Conseils complémentaires

- Je ne prends jamais de décisions importantes dans la précipitation ou en étant sous pression (dans la mesure du possible).
- Je me montre rassurant et exemplaire pour les personnes dont je suis responsable.
- Je manifeste une attitude sécurisante en toutes circonstances pour montrer le bon exemple à ceux qui apprennent de moi.
- Quand j'adopte une posture préventive ou de protection, je me donne la peine, sur le moment ou à postériori, d'expliquer mes choix auprès des personnes en qui j'ai confiance, en prenant soin d'utiliser une terminologie adaptée.
- La loi impose l'assistance aux personnes en danger ou en péril (article 223-6 du Code de procédure pénale). Cependant, elle n'impose pas de se comporter en héros ou de se sacrifier. Il ne sert donc à rien de se jeter tête baissée dans une situation sacrificielle ou perdue d'avance. La loi exige, dans la plupart des cas, à minima d'alerter les secours et de témoigner. C'est là que vous serez le plus utile.

Article 223-6 du Code de procédure pénale

Quiconque pouvant empêcher par son action immédiate, sans risque pour lui ou pour les tiers, soit un crime, soit un délit contre l'intégrité corporelle de la personne s'abstient volontairement de le faire est puni de cinq ans d'emprisonnement et de 75 000 euros d'amende.

Sera puni des mêmes peines quiconque s'abstient volontairement de porter à une personne en péril l'assistance que, sans risque pour lui ou pour les tiers, il pouvait lui prêter soit par son action personnelle, soit en provoquant un secours.

Les peines sont portées à sept ans d'emprisonnement et 100 000 euros d'amende lorsque le crime ou le délit contre l'intégrité corporelle de la personne mentionnée au premier alinéa est commis sur un mineur de quinze ans ou lorsque la personne en péril mentionnée au deuxième alinéa est un mineur de quinze ans.

En pratique :

- J'opterai autant que possible pour la fuite plutôt que pour l'engagement dans la confrontation.
- Je prends conscience que je ne suis ni sauveur ni redresseur de torts.
- Je suis à même de dissocier une situation d'assistance à une victime d'un conflit interpersonnel qui ne me regarde pas.

- Dans la mesure du possible, j'apporterai mon témoignage aux forces de police, ou je donnerai l'alerte. Ils représentent, à la différence de moi, une force publique légitime et compétente pour intervenir sur les situations à risque.
- Ai-je pensé à me former aux premiers secours ? Les gestes simples peuvent sauver, et les formations sont le plus souvent financées et très répandues à travers le territoire. C'est le moment de faire le point sur mes compétences, notamment pour le bien des personnes qui m'entourent.
- Il convient de m'interroger, avec la plus grande honnêteté, sur ma propre condition physique : suis-je capable de fuir en courant à pleine vitesse, même sur une petite distance ? Suis-je une cible facile pour un agresseur potentiel ? Ne serait-il pas temps de se remettre à la pratique sportive ?
- J'apprends à demander de l'aide et à délaisser un conflit stérile. Fuir face à la menace n'a rien de déshonorant ou d'humiliant, bien au contraire. L'intelligence du moment, c'est de peser efficacement les avantages et les inconvénients d'une situation.
- S'engager dans un conflit que l'on n'a pas initié, c'est tomber dans le piège qui nous est tendu. Si une confrontation en découle, le résultat en sera, au mieux, de répondre de vos actes devant la justice, ou, au pire, de devoir guérir d'un préjudice physique et psychologique.

Conseils complémentaires

- En cas de conflit ou d'agression, je me tiens à distance et ne prends jamais l'initiative de la confrontation physique.

- J'essaie, dans l'impasse, d'attirer l'attention en appelant à l'aide ou en haussant la voix dans mes échanges, en utilisant des mots percutants pour alerter, sans toutefois me montrer insultant ou irrespectueux. Je dois attirer l'attention, de façon subtile et sans confusion, en prenant garde à ne pas être assimilé à un agresseur mais bien à une victime potentielle (« C'est vous qui m'abordez », « Je souhaite être tranquille, s'il vous plaît », etc.) Quelle que soit la situation, je ne suis pas agressif.
- Je n'hésite pas, lors de mes échanges conflictuels, à faire allusion à un recours à la police pour me montrer dissuasif.
- En cas de danger imminent, je me déplace vers la zone la plus peuplée pour être le plus visible possible du plus grand nombre. Outre de dissuader, cela permettra de collecter des témoignages, optimiser mes chances d'être secouru, et peut-être provoquer un appel aux services de secours.
- Je suis attentif à l'existence de caméras de vidéosurveillance, et me protège en me positionnant dans le champ des caméras.
- Je me répète une règle fondamentale, jadis enseignée en école de police : « Il n'y a pas de politesse en matière de sécurité. » Cela ne signifie en aucun cas, d'évidence, qu'il faille contrevenir aux règles élémentaires du civisme. Cependant, quand s'impose de choisir entre l'une ou l'autre de ces valeurs, ne jamais hésiter à choisir la sécurité. Ainsi, il faudra savoir faire face pour ne pas laisser pénétrer une personne insistante à votre domicile, ne pas répondre à une salutation ou à une question indiscrète si vous n'en avez pas envie.

- En toute situation, je fais valoir avec courtoisie et, si nécessaire avec fermeté, mon droit à l'indifférence et à la tranquillité.
- Je réclame un justificatif ou une preuve de qualité (carte professionnelle...) à un interlocuteur dont les agissements m'inspirent un doute, surtout s'ils engagent votre confiance.

Conseils complémentaires

- Je reste courtois et modéré dans ma façon d'échanger avec autrui, et en toute circonstance. L'impolitesse d'un tiers ne me donne pas une autorisation de l'outrager. Si un conflit déborde, je pourrai me prévaloir d'avoir eu un comportement exemplaire.
- Le dialogue doit systématiquement avoir lieu entre deux personnes ayant consenti à entrer en contact. Je dois donc me prémunir et couper court face à toute discussion qui m'aurait été imposée, dans la rue ou en virtuel.
- Faire le point : ai-je les ressources nécessaires pour m'opposer verbalement à une personne qui se montre directive et insistante ?

  Le cas échéant, il est possible de s'exercer, face au miroir, à masquer ses incertitudes, regarder son interlocuteur avec assurance, et lui exprimer un refus ou une exigence de façon convaincante. Le théâtre est également un excellent exercice pour ce faire.
- J'applique prioritairement des directives ou décisions prises à l'avance, de façon préférable à toute improvisation aux conséquences incalculées. Dans une négociation, un

interlocuteur persuasif peut me pousser à céder, au mépris de mes intérêts. Il est par conséquent impératif de prendre du recul pendant chaque situation d'opposition.

- Lors d'une communication téléphonique ou électronique avec une institution ou une entreprise qui me sollicite en me demandant des données personnelles ou sensibles (banque, carte bancaire…), il sera nécessaire, dès le début de l'échange, de procéder à des étapes de vérification, à la façon d'un secrétariat : interroger votre contact sur son identité, sa qualité, le nom de l'entreprise qu'il prétend représenter, prélever le numéro de téléphone qui s'affiche sur votre écran. Il s'avère même efficace et dissuasif d'obtenir le numéro du standard pour pouvoir effectuer un contre-appel. Cette procédure permet la plupart du temps de contourner les escroqueries téléphoniques qui font usage de fausse qualité. Attention toutefois, car les moyens modernes permettent d'installer facilement un standard téléphonique avec renvoi dans un pays lointain, sans que nous puissions le savoir.
- Téléphoniquement, ou électroniquement en général, si je reçois une communication suspecte prétendument en provenance d'un commissariat ou d'une institution quelconque, je dois, préalablement à toute réponse, demander un numéro de contre-appel, l'identité précise et la qualité d'une personne à rappeler. Au moment du contre-appel, je passe par le standard de l'entreprise ou de l'institution et je franchis les étapes normales de la mise en contact. Je commencerai à communiquer une fois ces étapes de vérification franchies.

- Faire l'état des lieux de sa propre estime de soi. D'expérience, on peut affirmer que les malfaiteurs, escrocs et démarcheurs malhonnêtes en tous genres ciblent prioritairement les personnes à faible estime de soi. Ils ont le don de les discerner des autres. A contrario, lorsque ces individus sont confrontés à des interlocuteurs qui manifestent de l'assurance, ils s'en détournent systématiquement pour rechercher une cible plus docile.

- Pour m'auto-évaluer, je me pose les questions suivantes en tentant d'y répondre avec le plus d'honnêteté possible :

  – suis-je capable, de bon droit, de me rétracter d'une décision après m'être engagé(e) ?

  – Suis-je en mesure de résister à la pression d'un groupe qui m'impose une conduite à tenir ?

  – Ai-je déjà, dans mon histoire personnelle, réalisé un acte d'achat sans en avoir l'utilité, juste de peur de décevoir le vendeur ?

  – Ai-je l'habitude de laisser les autres décider à ma place des choses qui me concernent et qui m'impactent ? Suis-je à même de me séparer des personnes qui exercent une influence néfaste, voire toxique, sur ma vie ?

D'évidence, en fonction des réponses obtenues, il faudra, avec introspection, vous exercer à remédier à ces problématiques, seul(e) ou avec l'aide de personnes compétentes.

- L'angoisse peut constituer un moteur pour l'action préventive, à condition que la menace soit identifiée, réelle et possible à entraver. Or, l'un des obstacles majeurs à l'efficacité de la lutte contre sa propre insécurité réside dans la difficulté que l'on éprouve à faire le tri entre les menaces rationnelles, que l'on peut contrecarrer par des actions préventives, et les menaces irrationnelles, sans rapport à la réalité et issues de notre psychisme, qui résultent de notre histoire.

Cas pratique

Laisser sa fenêtre ouverte si l'on réside au rez-de-chaussée d'un immeuble ou d'une maison peut s'avérer risqué. On peut, par conséquent, décider d'y apposer un barreaudage, ou de la maintenir fermée en permanence.

A contrario, il ne sert pas à grand-chose de barreauder une fenêtre au dixième étage d'un immeuble, le risque d'intrusion par ce biais y demeurant extrêmement improbable. Il existe en contrepartie d'autres risques, comme celui d'une chute fortuite pour les enfants en bas âge, comme nous l'avons déjà malheureusement signalé, ou le risque de suicide pour un adulte manifestant un terrain dépressif. En cas d'incendie, les voies d'échappatoires demeurent limitées, les pompiers ne pouvant plus accéder à l'appartement par la fenêtre.

Lorsqu'il est possible de choisir, c'est le premier étage – voire le deuxième – d'un immeuble qui offre le plus d'avantages en matière de sécurité : le risque d'une intrusion par les fenêtres est limité et il est possible de sauter sans trop de dommage en cas d'incendie. En revanche, les étages supérieurs seront sans doute plus lumineux. Signalons également que la probabilité d'être visité reste à relativiser en fonction de son environnement (physionomie du quartier, vivier de délinquance locale, intérêt supposé de vos biens...).

➢ Je n'ouvre pas les menuiseries (portes et fenêtres) selon mon bon vouloir, sans tenir compte du voisinage. Évidemment, on ne laisse pas sa porte ouverte à tous les vents, mais il existe d'autres risques que l'intrusion, comme le fait qu'une personne malveillante puisse, par exemple, causer des dommages en lançant un objet (arme par destination), ou en vous épiant ou vous filmant à votre insu lorsque vous êtes dans votre salle de bains ou votre chambre.

Pour conclure, il n'existe aucun niveau de sécurité optimal : tout est question de compromis avec vous-même et ceux qui partagent votre quotidien, décidé en fonction de vos besoins spécifiques et de vos vulnérabilités.

D'évidence, les dangers existent, et ils peuvent être le fait de n'importe qui. Mais discerner ses angoisses et en faire le tri méthodique permet de concentrer utilement son énergie et s'économiser pour gagner en efficacité et en bien-être.

➢ Je fais preuve de discrétion dans mes échanges avec les autres, dans la vie réelle et sur les réseaux sociaux. Je préserve la confidentialité de mes données personnelles (adresse, liens de parenté, employeur, patrimoine, horaires de travail et dates de vacances…).

  Le lien social et la convivialité sont des facteurs importants et utiles à notre épanouissement personnel.

  Néanmoins, la prudence doit être de mise dans la façon dont nous nous dévoilons face à autrui. Une expression dit que « tout ce que vous direz pourra être retenu contre vous », tout comme ce que vous écrirez et publierez, qu'il s'agisse de textes, d'images et de vidéos.

- Dans les échanges qui m'engagent financièrement, je prends l'habitude systématique d'identifier mes interlocuteurs : qui sont-ils ? Qui entre chez moi ? Avec qui dois-je faire affaire ? Ne jamais hésiter à lever les tabous sur ces questions pourtant fondamentales.
- À défaut, en plus d'obtenir un renseignement direct (par interrogation), nous pouvons aussi choisir de nous montrer intrusifs lorsque cela s'avère potentiellement nécessaire, en exigeant par exemple de pouvoir visualiser/photographier une carte d'identité, une carte professionnelle ou un insigne.

  Un professionnel doit nécessairement être en mesure de fournir une carte de visite, qui n'atteste pas pour autant de son identité, ne pas l'oublier.

  Pour lever les doutes, vous pourrez jouer discrètement au détective : relever un numéro de plaque d'immatriculation, conserver un numéro de téléphone fixe ou portable ayant servi à une communication…
- Enfin, s'agissant de débuter une relation de prestation pérenne (garde d'enfant, ménage, jardinage, services divers...) avec un inconnu, il n'existe malheureusement aucun moyen, hormis la confiance accordée, d'évaluer le niveau de moralité de votre interlocuteur. Il lui est néanmoins possible de vous transmettre spontanément un extrait de casier judiciaire B3 récent. La fourniture ou non de ce document peut constituer un critère de choix entre deux prestataires.

  En revanche, vous n'avez pas le droit de le demander. C'est évidemment une situation délicate, mais il vous appartient d'apprécier les circonstances.

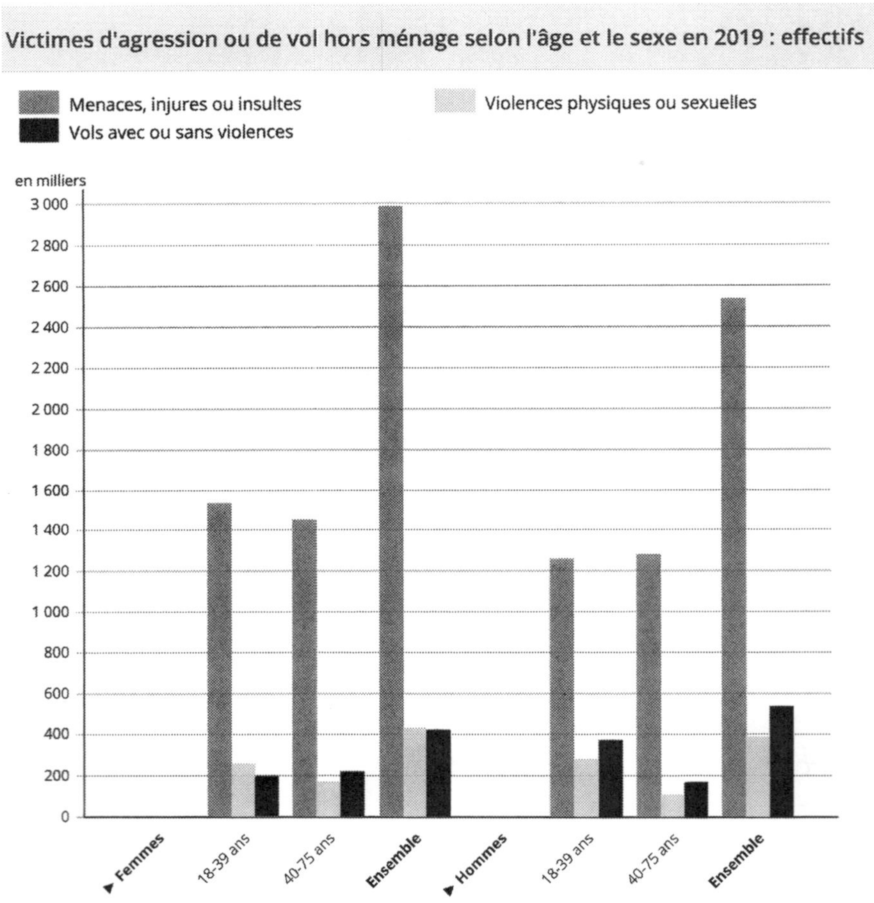

1. Taux de plainte agrégé femmes-hommes annuel.
Lecture : en 2019, 421 000 femmes âgées de 18 à 75 ans déclarent avoir été victimes de vols, avec ou sans violences, de la part d'une personne ne vivant pas dans le ménage, dans l'année précédant l'enquête. Parmi les victimes de vol avec ou sans violences (hommes ou femmes), 35 % ont porté plainte.
Champ : France métropolitaine, ensemble des personnes de 18 à 75 ans résidant en ménages ordinaires.
Source : Insee-ONDRP-SSMSI, enquête Cadre de Vie et Sécurité 2019.

Chapitre 2

Méthodologie de la collecte d'information
Le smartphone, un allié de poids

Le smartphone peut s'avérer un précieux allié pour votre sécurité au quotidien.

Il peut cependant aussi faire l'objet de convoitise en raison de sa valeur pécuniaire, d'où la nécessité de l'utiliser avec intelligence et précaution dans les lieux publics.

- Je n'oublie pas de changer le code d'accès à mon téléphone dès la première utilisation. En effet, il est paramétré la plupart du temps avec quatre 0. Pour effectuer ce changement, même si je ne suis pas habitué au fonctionnement d'un téléphone, je vais dans « Paramètres », où figure la possibilité de changer le mot de passe.
- Bien que cela puisse paraître évident, Je m'assure de faire en sorte que mon mobile soit constamment chargé en énergie. Pour ce faire, je le laisse branché à une source d'énergie en voiture, à la maison ou au bureau.
- En fonction de la durée de mes trajets et déplacements, je m'efforce de disposer d'une powerbank (ou batterie de recharge) et d'un câble adapté. Elle sera aussi rechargée scrupuleusement à chaque sortie de mon domicile.

- Je sécurise mon smartphone : chacun est tenu, en cas de perte ou de vol, d'en connaître le numéro IMEI. Il s'agit d'un numéro unique permettant d'identifier, tracer, voire désactiver, votre smartphone à distance dans l'éventualité d'une utilisation frauduleuse. Il vous sera impérativement demandé en cas de dépôt de plainte.

Comment obtenir son IMEI ?

Il est inscrit sur l'emballage d'origine de votre téléphone.

Il figure également sur un sticker, le plus souvent dissimulé sous la batterie amovible du smartphone (cf. photo).

En allumant votre appareil, et en composant le numéro d'appel *#06#, quel que soit l'opérateur.

Le saviez-vous ?

En cas de contrôle d'identité et de palpation de sécurité, les policiers ont la possibilité, au même titre que pour un véhicule, de relever l'IMEI de votre appareil. Ce numéro pourra, dans le cadre du contrôle, être utilisé pour interroger le FVV (Fichier des véhicules volés), qui recense aussi la liste des appareils volés.

En cas de vol, il est donc recommandé de déposer plainte, procédure dont les procès-verbaux alimentent ces fichiers.

- En conséquence, je conserve les numéros IMEI de tous mes appareils, ainsi que ceux de mes proches, en sécurité à mon domicile, sur un support papier ou/et en photo stockée dans une clé USB.

- Un téléphone, même si on peut avoir tendance à l'oublier, a pour fonction première de téléphoner. Je connais donc les numéros d'urgence pour alerter ou signaler.

  À l'attention des mineurs ou des personnes dépendantes : votre téléphone peut permettre de prévenir un tuteur de confiance, qui aura pour mission de recueillir vos informations et prévenir les secours.

En France métropolitaine, les numéros d'urgence sont multiples, ce qui rend ce service susceptible de provoquer de la confusion chez les usagers. Voici les principaux :

– le 112 : il s'agit du numéro européen d'appel d'urgence, qui se chargera, au besoin, de faire le tri entre vos informations et relayer votre demande auprès des services locaux. Il conviendra donc de fournir un descriptif de situation de la façon la plus adéquate. Si vous ne devez retenir qu'un seul numéro, c'est celui-là.

– le 17 : c'est le service de police-secours, réservé aux urgences. Il vous renvoie vers la salle de commandement de votre département et oriente les services de police et de gendarmerie vers les requérants. Il est à noter que les échanges ayant lieu sur cette ligne sont systématiquement enregistrés.

L'inconvénient principal de ce service reste le temps d'attente préalable à votre prise en charge. De plus, les opérateurs sont parfois peu expérimentés, ce qui peut s'avérer déstabilisant dans certaines circonstances où l'urgence prime. Il vous appartient alors d'être concis et précis dans les informations que vous communiquez.

– le 18 : c'est celui des sapeurs-pompiers, qui gèrent les situations d'incendie, d'inondation et les accidents corporels. À la différence du Samu, avec lequel ils collaborent, les sapeurs-pompiers sont formés pour prodiguer les premiers soins, transporter les victimes, et les secourir en toutes circonstances (désincarcération, effondrement, noyade...).

– le 15 : il renvoie vers un opérateur du Samu qui évalue et gère les urgences médicales.

– Dans les transports en commun, le numéro spécial 31 17 permet de contacter le service de sûreté ferroviaire et, au besoin, de mobiliser l'équipage le plus proche. Il est à noter qu'un numéro d'alerte par SMS, le 31 177, a été mis en place pour permettre de lancer une alerte discrète.

➢ À la lecture de ce chapitre, j'enregistre dans mon répertoire les numéros de téléphone complémentaires suivants :

  – le numéro à dix chiffres du poste de police municipale de ma ville, disponible dans l'annuaire ou auprès du standard de la municipalité.

  Les policiers municipaux sont compétents, armés et formés pour intervenir sur les situations d'urgence. De plus, ils maîtrisent totalement la topographie de la ville dans laquelle ils exercent, et disposent le plus souvent d'un système de vidéosurveillance leur permettant d'évaluer votre situation en direct.

– le numéro à dix chiffres du commissariat ou de la gendarmerie locale : bien qu'inadéquat pour le traitement des situations d'urgence (privilégier alors le 17), il permet, outre le fait d'éviter la file d'attente départementale du 17, d'avoir une conversation plus élaborée avec un interlocuteur familier de votre secteur. Au besoin, les opérateurs pourront évidemment mobiliser un équipage pour le traitement d'une urgence.

➢ J'apprends à reconnaître les écussons des services de sécurité, car certains délinquants n'hésitent pas à se faire passer pour des agents officiels avec de faux emblèmes ou cartes.

Quelle différence entre Police nationale, douanes et gendarmerie ?

L'État français a le souci de maintenir l'existence de deux forces publiques partenaires, travaillant de concert avec les mêmes objectifs, bien que de traditions particulières :

– la Police nationale agit dans les zones urbaines, dites « circonscriptions », qui représentent des communes ou groupements de communes dont la démographie est supérieure à 10 000 habitants sur une surface déterminée ;

– la gendarmerie départementale assure la sécurité des zones rurales. De tradition militaire, elle est aujourd'hui, comme la police, rattachée à l'autorité du ministre de l'Intérieur ;

– la police municipale agit sous l'autorité du maire. Elle est doublement assermentée : par le procureur de la République et par le préfet du département ;

– les Douanes sont un service du ministère des Finances. Elles visent principalement à réprimer les infractions douanières (trafic de stupéfiants et produits taxés, contrefaçon, trafics internationaux, infractions fiscales...), mais sont susceptibles, au titre de l'article 73 (cité ci-dessus), d'agir contre le flagrant délit.

Le service qui vous sera proposé dépendra principalement de votre lieu d'habitation, voire du lieu de commission de l'infraction que vous signalerez au moment de votre réquisition.

À savoir

Sur Apple, il est aussi possible de procéder à une commande vocale pour appeler les secours : « Siri, appelle la police », « appelle les pompiers », « appelle police municipale Sarcelles »...

C'est une fonctionnalité à connaître, car la panique peut parfois altérer vos capacités à déverrouiller votre téléphone dans l'urgence.

- Sur la gamme iPhone, cinq pressions consécutives sur la touche de déverrouillage du téléphone provoquent un appel de détresse, qui vous mettra en liaison, par défaut, directement avec le 112.

- Dans l'urgence, je pense à consigner un maximum d'informations sur mon portable, conscient que la seule mémoire peut me faire défaut, surtout quand la quantité d'informations et le stress s'invitent dans une situation.

  De plus, nous ne sommes pas toujours munis d'un stylo et d'un bloc-notes, à la différence de notre smartphone, qui nous accompagne de façon quasi-quotidienne. Saviez-vous qu'il peut largement remplir ce rôle ? Avez-vous déjà testé cette fonctionnalité, sans attendre le jour où vous en aurez besoin dans l'urgence ?

  Pensez toutefois à vous équiper en papier et stylo, car ils présentent l'avantage de ne pas tomber en panne de batterie. Il est également plus facile de réaliser un croquis sur papier que via un écran de téléphone si l'on ne dispose pas d'une application spécifique.

- J'apprends, au préalable et au calme, à maîtriser mon smartphone pour pouvoir être efficace rapidement dans l'urgence : l'appareil photo, le dictaphone, le bloc-notes ou la caméra permettent de collecter un nombre important d'indices et de preuves.

Remarque

Sur Apple, il suffit de faire glisser l'écran vers la gauche pour accéder directement à la caméra afin de s'affranchir du déverrouillage.

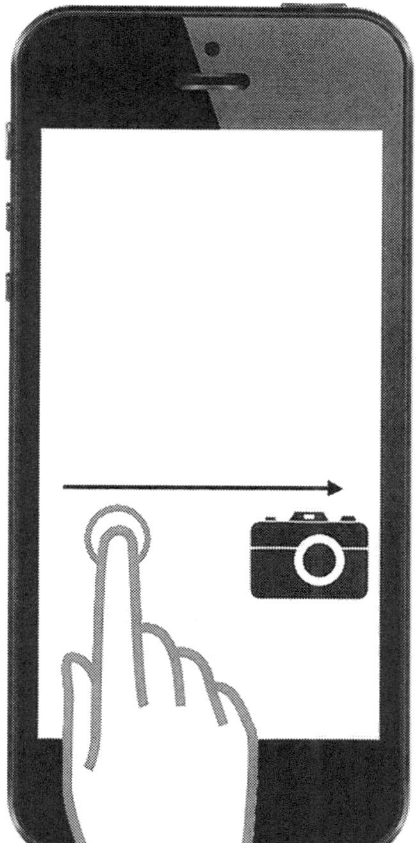

À savoir

Si nécessaire, vous pouvez également, en lieu et place d'utiliser la caméra, qui a pour seule fonction de filmer, le faire en utilisant une messagerie chiffrée (Telegram, WhatsApp...) et transmettre en direct à une personne de confiance. Avec la caméra, si l'éventuel agresseur se saisit de votre téléphone, il peut l'endommager ou vous contraindre à effacer son contenu, afin de faire disparaître les preuves. Envoyer le contenu en direct permet de le sécuriser.

- Pour ma sécurité, je privilégie, lorsque la situation l'exige, l'utilisation du bloc-notes intégré, ainsi que celle du dictaphone, dont l'utilisation est plus discrète et moins ostensible que celle de la caméra.
- Afin de conserver mes données, j'utilise un cloud, et procède à des sauvegardes de façon régulière. Cela me permettra d'accéder à mes données et à mon répertoire en cas de sinistre.
- Pour mes communications sur la voie publique, je privilégie l'utilisation d'écouteurs ou d'oreillettes plutôt que de converser le « téléphone vissé à l'oreille », afin de me prémunir des vols à l'arraché.

Recherchés pour leur valeur matérielle, les téléphones volés sont généralement écoulés sur le marché parallèle ou exportés en pièces détachées. Les auteurs de ces vols savent parfaitement différencier visuellement les modèles selon leur valeur estimée.

Ils sauront aussi, si celui-ci s'avère être déverrouillé pendant son utilisation, profiter des premières secondes après les faits pour en parcourir les menus et modifier les codes de sécurité à leur convenance.

- Le smartphone permet, outre sa fonction première, de déterminer instantanément, et à votre insu si nécessaire, votre emplacement géographique : pour donner l'alerte en cas de danger imminent, de doute ou tout simplement d'accident, il est nécessaire de pouvoir être localisé afin d'être secouru.
- Au moment de mon appel, il sera nécessaire de préalablement, rapidement et précisément identifier ma position géographique. Le smartphone reste un outil de premier choix dans ces circonstances. Il existe plusieurs applications utilisant la géolocalisation, ce qui permet de consulter ou partager sa position, sous forme d'adresse ou de coordonnées GPS.
- Je n'attends pas de me retrouver dans l'urgence pour maîtriser les fonctionnalités de localisation de mon smartphone. Je m'entraîne, seul(e) ou en atelier familial, en expliquant la nécessité préventive de cette démarche à mes proches. Même si vous préférez que ne soit pas activée la géolocalisation sur votre appareil, sachez néanmoins la paramétrer en cas d'urgence.

- Il existe des appareils connectés permettant de localiser en permanence les enfants ou les personnes dépendantes, notamment atteintes de la maladie d'Alzheimer. N'hésitez pas à les en équiper en fonction des situations.

À savoir

En cas de péril de type enlèvement ou séquestration, les enquêteurs consultent, en direct ou en différé, le bornage du téléphone portable de la victime pour la localiser ou retracer son itinéraire. Un téléphone qui émet ou reçoit un appel ou un SMS via le réseau GSM actionne des balises. Ces dernières fournissent en temps réel aux opérateurs et à la police l'emplacement exact du téléphone, avec une précision de quelques mètres.

- Subtilité : En cas de danger avéré (prise d'otage, kidnapping, séquestration), je privilégie le mode silencieux, afin de favoriser la discrétion et ainsi éviter que le téléphone ne soit repéré, désactivé ou détérioré.

Chapitre 3

Témoigner

Dans l'urgence, la plupart d'entre nous, sous l'effet de la panique et de l'inexpérience, sommes susceptibles de commettre une somme d'erreurs dans la façon d'effectuer un signalement.

➢ Lors d'un signalement aux services de secours, je transmets les informations importantes suivantes :

– l'objet de l'appel : pour être efficace, et permettre à l'opérateur de prendre immédiatement connaissance de la situation, il est nécessaire d'aller droit au but. « Allo, je suis témoin d'une agression violente qui se déroule en ce moment même » est bien plus efficace qu'un récit narratif qui décrit l'escalade qui a mené à cette agression, en expliquant que vous faisiez vos courses au moment où cela s'est produit, blablabla. Vous devez faire fi de l'expression de vos émotions, du genre (« Je suis choqué », « Je n'ai jamais vu ça », etc.), afin d'aller droit au but.

– la nature de ce qui est en train de se produire. La terminologie est alors importante. Certes, il s'agit de termes spécifiques aux professionnels du droit, mais il est facile de se familiariser avec le champ lexical policier, d'autant plus que tous les mots utilisés sont connus : agression, violences avec arme (préciser laquelle), braquage (ou vol à main armée), vol avec violences, homicide, viol, agression sexuelle, vol de véhicule, vol à la roulotte (sur un véhicule en stationnement, par exemple en cassant la vitre ou en volant une pièce détachée), escroquerie, usage de fausse qualité, présence suspecte…

Cette liste n'est malheureusement pas exhaustive.

– le caractère d'urgence de la situation : l'acte est-il toujours en cours ? Au contraire, est-il terminé ? Pouvez-vous le situer dans le temps ? En avez-vous été témoin direct ?

Fournir ces précisions permet d'aider l'opérateur à coordonner les secours au plus nécessaire : il lui faudra prioriser l'assistance aux victimes, la régulation de la circulation ou la sécurisation du périmètre si nécessaire, la recherche d'éventuels suspects...

– la présence de blessés : c'est une information prioritaire à communiquer dès les premiers éléments de la conversation afin de déclencher, si nécessaire, l'intervention des sapeurs-pompiers.

– la topographie : situer le plus précisément possible le lieu de l'intervention. À défaut de pouvoir communiquer une adresse, indiquez la région, le département, la ville la plus proche, votre sens de circulation (si vous êtes sur l'autoroute), le numéro de borne kilométrique, les coordonnées GPS, ou tout élément utile à votre interlocuteur, tels que le nom d'une enseigne commerciale à proximité, la description du paysage environnant (« près du pont », « à côté de la boucherie », « au niveau du feu rouge », etc.).

– les indices : ils permettent d'orienter une patrouille d'intervention vers la recherche de suspects en fuite, de prévenir une récidive et ainsi protéger d'autres victimes.

Comment décrire une situation de façon probante et efficiente ?

➢ Outre ce qui précède, je m'entraîne à pouvoir :

– indiquer le nombre d'auteurs (un, cinq, plusieurs sans précision, une dizaine…) ;

– leur genre (homme ou femme) et leur tranche d'âge (adolescent, adulte, personne âgée, 25-30 ans, 30-40 ans, plus de 50 ans…) ;

– leur profil ethnique (caucasien, africain, antillais, nord-africain, indo-pakistanais, européen de l'est, asiatique…) ;

– les détails vestimentaires (porteur d'un jean, d'un costume, d'un chapeau, d'un bonnet gris, d'une capuche, d'une écharpe…), avec les couleurs, ou, à défaut, le ton des vêtements (haut foncé, chaussures claires…), ainsi que tout logo et/ou inscription ;

– et enfin, tout signe morphologique et particulier facilitant l'identification d'un individu (taille, corpulence, couleur des yeux, tatouage, pilosité, barbe, moustache, dreadlocks, rasé, porteur de bijoux, de lunettes…).

- De même, je m'entraîne à décrire un véhicule en communiquant les informations suivantes :

  – son immatriculation (française ou étrangère) ou tout élément partiel pouvant être utile à une enquête, dont la couleur de la plaque et des caractères ;

  – sa marque et son modèle, en fonction des éléments lisibles et de votre connaissance pratique du marché de l'automobile ;

  – sa forme (fourgonnette, camionnette, van, monospace, berline, compacte, décapotable) ;

  – sa couleur dominante, et/ou la valeur associée (claire ou foncée) ;

  – tout détail susceptible de préciser la description (sérigraphie, vitres teintées, présence de barres de toit ou d'un attelage, élément cabossé ou de couleur différente…) ;

  – son nombre d'occupants.

- Je suis en mesure de livrer des informations probantes lors du signalement d'individus en fuite. Il est alors impératif d'orienter les secours en précisant la direction prise, ainsi que leur mode de déplacement (vélo, pédestre ou véhiculé).
- Pour faciliter les échanges audio ou téléphoniques au-delà des interférences, je me familiarise avec l'alphabet phonétique, car il permet de lever les doutes de prononciation quant à une éventuelle mauvaise communication entre l'émetteur et son récepteur.

  Dans la pratique, les lettres P et T ont une intonation similaire difficile à discerner au téléphone, notamment quand des éléments extrinsèques (bruit de fond, mauvaise qualité de réseau) ou intrinsèques (accent, bégaiement) tendent à parasiter l'échange. Ainsi, remplacer ces lettres par leur équivalent en alphabet phonétique, soit « Papa » ou « Tango », permettra de clarifier le propos.

Remarques

– À défaut de connaître l'alphabet phonétique, il est également possible d'utiliser des prénoms courants (Thierry ou Pascal).

– S'exprimer avec un accent régional ou étranger, ajouté à un défaut de maîtrise de la langue française peut considérablement altérer la qualité de la communication, et contraindre vos interlocuteurs à vous demander de réitérer votre message dans des circonstances de surcroît inadéquates. Utiliser l'alphabet constituera alors un atout.

A	**B**	**C**	**D**	**E**
Alpha	Bravo	Charlie	Delta	Echo
F	**G**	**H**	**I**	**J**
Foxtrot	Golf	Hotel	India	Juliette
K	**L**	**M**	**N**	**O**
Kilo	Lima	Mike	November	Oscar
P	**Q**	**R**	**S**	**T**
Papa	Quebec	Romeo	Sierra	Tango
U	**V**	**W**	**X**	**Y**
Uniform	Victor	Whisky	X-ray	Yankee
		Z		
		Zulu		

Chapitre 4

Se prémunir contre la délinquance astucieuse et la fraude aux moyens de paiement

L'émergence de nouvelles formes d'achat et de nouveaux moyens de paiement favorise un type de délinquance aussi rentable pour ses auteurs que dommageable pour les victimes, avec l'appât du gain pour objectif principal. Nous allons présenter quelques conseils pour limiter ces risques dans votre usage quotidien.

Le paiement en espèces

Légalement, le montant maximal d'une transaction en numéraire est fixé à un millier d'euro. Au-delà, vous commettez une infraction fiscale.

Ce dispositif législatif, initié à la demande des services du ministère des Finances, vise à sécuriser et tracer les transactions, avec pour objectif premier d'entraver les financements occultes et les opérations illicites.

- Que ce soit en qualité de vendeur ou d'acheteur, si vous convenez de réaliser une transaction en liquide, choisissez pour ce faire un lieu sécurisé et vidéosurveillé.

Cette démarche préventive est susceptible de réduire une partie des risques potentiels et, au besoin, d'orienter une éventuelle enquête judiciaire, notamment en cas d'escroquerie, d'abus de confiance ou même d'usage de fausse monnaie.

- Néanmoins, le fait de se montrer ostensiblement précautionneux lors d'un simple échange téléphonique suffit généralement à dissuader les personnes mal intentionnées.

- Évitez au maximum, dans la mesure du possible, de communiquer votre adresse et données personnelles aux personnes avec lesquelles vous effectuez des transactions. Préférez un lieu public sécurisé à proximité de votre domicile.

- La délinquance utilise le renseignement pour choisir ses cibles. Ainsi, une personne âgée abritant des valeurs à son domicile, vivant seule ou en couple, qui recevrait des inconnus, risque de se voir répertoriée comme victime potentielle.

  Il est donc conseillé de privilégier les paiements de prestations et de biens de valeur par des moyens dématérialisés.

Première situation

Vous convenez d'une transaction pour l'achat d'un véhicule, dont vous prévoyez le paiement en billets. La visite et l'essai du véhicule sont prévus sur un parking. Arrivé sur place, vous êtes victime d'une agression violente ou d'un vol par ruse (pickpocket). Vous perdez intégralement le montant de la transaction, sans faire l'acquisition du bien. De plus, lors du dépôt de plainte, il pourra vous être reproché d'avoir tenté de contrevenir à la réglementation fiscale.

Seconde situation

Vous vendez un bien. L'acheteur vous propose un règlement en espèces. Le rendez-vous est fixé, la conclusion de l'affaire se déroule normalement.

- Premier inconvénient : la méconnaissance de l'origine des fonds.

  Au-delà d'un certain montant, si l'origine frauduleuse de la somme est déterminée dans une enquête incidente, elle est susceptible de vous être saisie. Bien que n'ayant pas d'intention coupable, vous avez consenti à contourner la réglementation en acceptant une transaction dont le montant est supérieur au plafond autorisé.

- Second inconvénient : votre fragilité.

  À l'issue de la vente, vous regagnez votre domicile, enrichi du montant de la transaction. Néanmoins, votre adresse figure sur les documents administratifs utilisés pour la cession. Par conséquent, votre acheteur a connaissance d'une adresse où vous consignez une forte somme d'argent en liquide.

- Troisième inconvénient : le risque de la fausse monnaie.

  Elle vous sera saisie pour destruction dès lors que vous la déposerez auprès de la banque.

  Dans de telles situations, il est possible de se prévaloir de sa qualité de victime et de la possible indulgence des services de l'État. Nous conviendrons aisément qu'il reste préférable d'opter pour des paiements dématérialisés et sécurisés.

- Le cas échéant, la consignation des fonds auprès de votre banque pourra s'effectuer en présence de votre acheteur, afin d'écarter définitivement tout risque de litige sur l'authenticité de la partie fiduciaire. Cette solution présente toutefois beaucoup moins d'intérêt depuis que les plafonds de transaction ont été fortement abaissés.

Le paiement par chèque

À l'inverse du paiement par virement bancaire ou par carte, le paiement par chèque connaît une forme d'essoufflement qui s'avère probablement un préalable à sa disparition. En effet, les nombreuses possibilités de fraudes, de falsifications ajoutées à son manque de fiabilité jouent en sa défaveur parmi la liste des possibilités de règlement – sans compter le coût de traitement pour les banques, sans doute aussi un facteur déterminant.

➢ Je renseigne scrupuleusement les rubriques de mon chèque. Je n'hésite pas à noter en toutes lettres son montant exact ainsi que le nom du destinataire des fonds sur le talon du carnet. Pour ce qui est de la date et du montant, j'oriente les premiers caractères bien à gauche de la ligne, de façon à éviter que des caractères ou des chiffres ne soient ajoutés frauduleusement. Les zéros doivent être barrés pour éviter qu'ils ne soient transformés en 9 ou en 6.

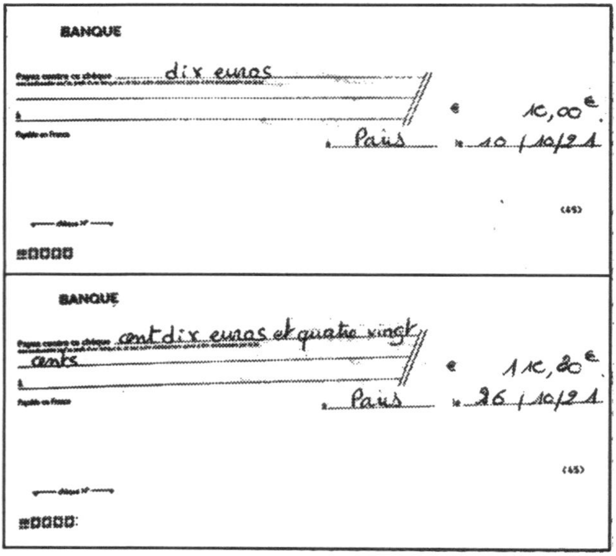

Exemple de falsification courante d'un chèque par le montant et la date d'émission (en grattant légèrement l'encre)

- En cas d'envoi d'un chèque par voie postale, je privilégie impérativement le recommandé avec accusé de réception ou, au minimum, la lettre suivie. Je prévois de conserver un cliché ou une copie du chèque.

  En effet, les réseaux de délinquance peuvent guetter les boîtes aux lettres des entreprises ou même les boîtes postales dans le but d'intercepter certains types de correspondance (enveloppes adressées aux services facturation ou comptabilité) et altérer les chèques avec une précision déconcertante.

- En cas de doute sur un document, je n'hésite pas à prendre conseil auprès de mon conseiller bancaire : il dispose théoriquement de l'accès au fichier central des chèques volés et opposés, établi par la banque de France.

- Pour une transaction d'un montant significatif, je n'accepte jamais un paiement par chèque le dimanche ou le lundi. Il n'est généralement pas possible de vérifier la validité du chèque ces jours-là. En cas de fraude, le délai entre l'acte d'escroquerie et l'ouverture des agences permet généralement aux faussaires de disparaître avec l'objet du délit (véhicule, bijoux...).

- Je n'accepte que les échanges clairs, traçables et conventionnels, au risque de perdre un acheteur. Je ne me laisse pas séduire par des offres de clients basés à l'étranger, aussi alléchantes soient-elles.

Le saviez-vous ?

La durée légale de validité d'un chèque est fixée à six mois à compter de sa date d'émission, d'où l'intérêt, pour le faussaire, de la falsification de la date.

- En conséquence, je vérifie la date d'émission apposée sur le chèque lorsque je le reçois en paiement. À noter qu'un chèque sera rejeté si la date de signature n'a pas été inscrite.

Retraits par carte bancaire au distributeur, achats chez les commerçants

Pour mieux les prévenir, nous allons recenser les escroqueries les plus communes visant à la soustraction frauduleuse de vos fonds. Il est à rappeler pour information que les distributeurs automatiques (Dab), comme les divers espaces de retrait, sont systématiquement et obligatoirement équipés d'une caméra de vidéosurveillance, qui filme et enregistre les abords en permanence.

- Le collet marseillais : il s'agit d'un dispositif physique disposé en amont par le malfaiteur sur le distributeur automatique. Il permet de bloquer la carte ou d'entraver sa restitution, rendant plus difficile sa récupération par l'usager.

Le plus souvent, le malfaiteur guette ses victimes à proximité de l'automate. Aussitôt celles-ci s'étant résignées à quitter le périmètre de surveillance, l'auteur se précipite pour récupérer la carte bleue ainsi que le montant du retrait.

Variantes

– Il arrive que le sas automatique permettant la récupération des billets soit obturé par un dispositif extérieur destiné à immobiliser le butin et à le rendre inaccessible à la victime, qui peut faire l'erreur de s'obstiner à renouveler l'opération et, malheureusement, augmente ainsi le montant du préjudice à chaque réitération.

– Le malfaiteur peut préalablement dissimuler une webcam miniaturisée au-dessus du clavier du distributeur afin de récupérer les données de votre carte et effectuer des achats de façon immédiate une fois celles-ci en sa possession. Il doit cependant connaître le cryptogramme au verso de la carte, ce qui n'est pas possible puisque la caméra se situe au-dessus du clavier. Dans ce cas, ces délinquants ont acquis une application avec un algorithme permettant de générer les trois chiffres manquants à partir des autres données.

- Un scénario commun employé par les malfaiteurs consiste à se poster près d'un distributeur. À l'approche d'une personne vulnérable venant effectuer une opération, un individu X s'insère dans la file d'attente pendant qu'un complice Y aborde la victime en plein retrait pour faire diversion. X a pris le temps, au préalable, d'observer la victime composant son code et lui subtilise sa carte, par ruse ou de force, en vue d'effectuer retraits et achats. En conséquence, je fais respecter mon « espace vital » lorsque je suis en train de retirer de l'argent, en essayant de ne pas tourner le regard.

- Une forme d'abus de confiance pratiquée par un commerçant indélicat consiste à saisir la carte d'une victime à l'occasion d'une situation du quotidien. Ensuite, grâce à son téléphone ou une caméra disposée à un endroit stratégique, c'est un jeu d'enfant que de photographier discrètement les deux côtés de la carte bancaire, pour bien s'en servir. Par la suite, la victime constate, à la consultation de ses relevés de compte, des opérations de débit souvent effectuées à partir de l'étranger, sans pour autant pouvoir en déterminer la source. Après enquête, la responsabilité d'un proche, d'un commerçant, d'un collaborateur ou d'un auxiliaire de vie est mise en évidence.

  C'est une situation que j'ai rencontrée à plusieurs reprises dans ma carrière.

- Une victime réalise une transaction ordinaire dans une boutique. L'auteur guette et la repère. En fonction de l'accessibilité de l'endroit dans lequel elle range sa carte, l'escroc programme un terminal bancaire, approche la victime dans les transports, voire la bouscule, afin de réaliser plusieurs opérations sans contact d'un montant atteignant généralement le plafond autorisé.

- L'escroc est un commerçant qui utilise un terminal de paiement factice conçu pour enregistrer les coordonnées des cartes bancaires, dont le code secret. Les données collectées servent ensuite à confectionner un duplicata de la carte pour effectuer retraits et paiements. Cette technique est détectable seulement par le fait que la transaction n'est jamais débitée du compte. Encore faut-il s'en souvenir et vérifier, à condition d'avoir conservé la facturette. En effet, malgré le côté factice de l'opération, l'appareil délivre un reçu, afin de ne pas éveiller les soupçons des victimes. C'est une situation que j'ai rencontrée après qu'un chauffeur de taxi ait été confondu.

- Enfin, l'infraction la plus courante reste malheureusement le vol avec violence, commis généralement envers les personnes faibles et vulnérables, à proximité immédiate du distributeur et à l'abri du champ de la caméra. C'est pourquoi il est conseillé, pour les personnes seules, de choisir les lieux et horaires de tels retraits et, dans la mesure du possible, d'être escortées par une personne de confiance.

Le saviez-vous ?

Une rumeur évoque l'existence, pour les usagers de la CB, d'un code contrainte[2] diamétralement opposé au code réel (exemple : 4321 au lieu de 1234), dont la composition provoquerait systématiquement un appel de détresse. Malheureusement, il n'en est rien, c'est une simple rumeur. Ce dispositif existe toutefois et s'applique pour certaines alarmes domestiques.

Conseils pratiques

- Je m'abstiens de noter le code secret de ma carte bleue sur un aide-mémoire (post-it…) et je fais l'effort de le mémoriser. Pour faciliter la mémorisation, j'utilise des moyens mnémotechniques, comme les numéros des départements français.
- J'efface le cryptogramme de sécurité qui se trouve au verso de la carte et le mémorise. Le cas échéant, y apposer un autocollant pour le masquer lors des opérations quotidiennes hors paiement en ligne.
- Je préfère, dans la mesure du possible, le paiement sans contact : cela permet d'échapper aux techniques précédentes en étant le seul à toucher ma carte (c'est aussi un avantage en période de Covid).
- Pour les mêmes raisons, je ne confie jamais ma carte de paiement à un tiers ou à un commerçant qui me propose de l'insérer lui-même dans son terminal de paiement.

---

2. « Code contrainte » signifie que le seul fait de composer ce code déclenche une alerte discrète, ce qui est nécessaire dans les situations de contrainte, comme sous la menace d'une arme.

Les achats sur Internet

D’évidence, cette forme de commerce connaît un engouement certain de par les avantages qu’elle procure, telles que la multiplicité et la disponibilité des produits, la livraison à domicile, des tarifs attractifs…

Cependant, il est sans doute nécessaire de devoir rappeler plusieurs principes de sécurité à connaître :

- Je commerce uniquement sur des sites sécurisés ou via des plates-formes reconnues, disposant d’un service client facilement joignable.
- Je n’autorise que les transactions dont le montant est prédéterminé et validé. J’évite autant que possible le principe du prélèvement automatique.
- J’utilise des codes élaborés avec un bon niveau de sécurité et de confidentialité (par exemple, j’évite les dates de naissance ou le prénom de mes enfants).
- Je n’autorise jamais un quelconque site à sauvegarder mes coordonnées bancaires ou les chiffres de ma carte,

principalement en raison des risques informatiques et physiques, dont le vol ou l'utilisation à mon insu, mais aussi la possibilité que les serveurs soient hackés et ma carte ensuite utilisée frauduleusement.

- Pour l'achat d'objets de valeur, je privilégie un mode de livraison contresignée à domicile. Le point relais constitue un maillon supplémentaire de vulnérabilité en cas de problème. Qui est responsable en cas de vol, perte ou détérioration ?
- En cas de livraison en point relais, je choisis un établissement muni d'une vidéosurveillance, qui pourra attester du bon déroulement de la livraison du colis en cas de litige.

À savoir

Internet regorge de propositions financières toutes plus alléchantes les unes que les autres, dont notamment via le Forex, pour *Foreign exchange market* (ou *FX*), ce qui correspond à un marché des changes. De nombreux courtiers qui y opèrent sont des escrocs, généralement installés dans des pays n'extradant pas leurs ressortissants. Une fois que vous avez lâché votre argent, il n'y a aucune chance d'en revoir la couleur si vous êtes dans le cadre d'une arnaque.

En plus, vous avez normalement dû créer un compte, donc communiquer certaines de vos données. Vous risquez alors de subir la double peine en cas d'utilisation frauduleuse. Si, de surcroît, vous utilisez le même mot de passe confidentiel que pour d'autres sites, les conséquences risquent d'aller bien au-delà de la perte de la somme misée au départ.

Le système de Ponzi

Du nom de Charles Ponzi, qui l'utilisa en 1919 et devint millionnaire en six mois. En voici la définition par Wikipedia : « Un système de Ponzi ou Pyramide de Ponzi est un montage financier frauduleux qui consiste à rémunérer les investissements des clients essentiellement par les fonds procurés par les nouveaux entrants. Si l'escroquerie n'est pas découverte, elle apparaît au grand jour au moment où elle s'écroule, c'est-à-dire quand les sommes procurées par les nouveaux entrants ne suffisent plus à couvrir les rémunérations des clients. »

L'un des plus célèbres est celui monté par Bernard Madoff, qui aurait escroqué ses clients de l'ordre de 65 milliards de dollars, ce qui en ferait le montant le plus élevé d'une telle escroquerie.

➢ Si les gains qui me sont proposés dépassent largement les taux d'intérêt en vigueur, il y a une forte probabilité de me retrouver dans un tel système ou un autre type d'arnaque.

Les dangers d'internet

Le phishing ou hameçonnage

Voici la définition qu'en donne la Direction générale de la concurrence, de la consommation et de la répression des fraudes (DGCCRF)[3] :

> L'hameçonnage (*phishing* en anglais) est une technique frauduleuse destinée à leurrer l'internaute pour l'inciter à communiquer des données personnelles (comptes d'accès, mots de passe...) et/ou bancaires en se faisant passer pour un tiers de confiance. Soyez vigilants sur les informations que vous communiquez !

Les escrocs peuvent utiliser différents moyens, dont l'email, le SMS ou l'appel téléphonique, en se faisant passer pour une banque, un opérateur téléphonique, un fournisseur d'énergie, etc. Qui n'a jamais reçu ce genre d'appel ou d'email ?

Voici ce que recommandent les experts de la DGCCRF pour s'en prémunir :

- **Ne communiquez jamais d'informations sensibles par messagerie ou téléphone :** aucune administration ou société commerciale sérieuse ne vous demandera vos données bancaires ou vos mots de passe par message électronique ou par téléphone.

3. https://www.economie.gouv.fr/dgccrf/Publications/Vie-pratique/Fiches-pratiques/Phishing-hameconnage

- **Avant de cliquer sur un lien douteux, positionnez le curseur de votre souris sur ce lien** (sans cliquer) ce qui affichera alors l'adresse vers laquelle il pointe réellement afin d'en vérifier la vraisemblance ou allez directement sur le site de l'organisme en question par un lien favori que vous aurez vous-même créé. **Vérifiez l'adresse du site qui s'affiche dans votre navigateur.** Si cela ne correspond pas exactement au site concerné, c'est très certainement un site frauduleux. Parfois, un seul caractère peut changer dans l'adresse du site pour vous tromper. Au moindre doute, ne fournissez aucune information et fermez immédiatement la page correspondante.
- **En cas de doute, contactez si possible directement l'organisme concerné** pour confirmer le message ou l'appel que vous avez reçu.
- **Utilisez des mots de passes différents et complexes pour chaque site et application** afin d'éviter que le vol d'un de vos mots de passe ne compromette tous vos comptes personnels. Vous pouvez également utiliser des coffres-forts numériques de type *KeePass* pour stocker de manière sécurisée vos différents mots de passe.
- Si le site le permet, **vérifiez les date et heure de dernière connexion à votre compte** afin de repérer si des accès illégitimes ont été réalisés.
- Si le site vous le permet, **activez la double authentification pour sécuriser vos accès.**

Sur leur site référencé dans la note de bas de page, il est indiqué les actions et formalités à accomplir si l'on est victime d'une telle pratique. Consultez-la sans attendre en cas de nécessité.

Il serait fastidieux et hors du champ général de ce livre de présenter la liste des dangers que présente internet, dont le cyberharcèlement, la cyberintimidation, la présence de prédateurs, les rançons... Néanmoins, un certain nombre de règles à respecter pour limiter les risques sont similaires dans la vraie vie et la vie virtuelle.

Chapitre 5

Prévenir les risques d'atteinte au véhicule

Situation pratique (cas réel, seul le prénom a été changé)

En fin d'après-midi, Monique regagne son domicile situé dans une ville de la banlieue parisienne après une dure journée de travail. Arrivée sur le parking de sa résidence, elle est subitement bousculée par un individu cagoulé, qui la fait choir. Dans la foulée, un complice la frappe à la tête, pendant que l'auteur principal lui arrache son sac à main. Ils dérobent son véhicule, qui ne sera jamais retrouvé.

Elle est ensuite prise en charge par les sapeurs-pompiers, alertés par des passants. Elle est invitée à déposer plainte au commissariat, qui, méthodiquement et selon la procédure d'usage, désactive à distance la carte SIM de son mobile et fait opposition sur ses moyens de paiement.

Plus tard dans la semaine, en journée, son conjoint, qui se trouve dans leur appartement, se plaint de sonneries intempestives à l'interphone du domicile. Il n'envisage toutefois pas de lien avec l'incident précité. Pourtant, ce sont sans doute les voleurs qui viennent vérifier s'il n'y a personne, afin de s'introduire dans les lieux en vue de les cambrioler.

Plusieurs colis du couple ne seront jamais livrés non plus, tandis que des vols et des dégradations sont déplorés sur les véhicules du voisinage, bien qu'ils soient stationnés au sous-sol de la résidence.

Dans les mois qui suivent, Monique reçoit des contraventions dressées par des agents verbalisateurs de sociétés de transport en commun, en dépit du fait qu'elle dispose d'une carte d'abonnement mensuel. Les voleurs ou celui ou celle à qui ils ont peut-être revendu la pièce d'identité de Monique fraudent dans les transports en commun et présentent sa carte d'identité aux contrôleurs, ce qui correspond à de l'usurpation d'identité – c'est d'ailleurs un phénomène que les services de police rencontrent de plus en plus.

Enfin, des courriers lui parviennent de sa banque pour signaler des tentatives d'usage frauduleux de son chéquier, sur lequel elle a heureusement fait opposition.

Depuis cet incident, Monique, restée plusieurs mois en arrêt de travail, a quitté son emploi et la région. D'évidence, elle a affronté une situation profondément traumatisante aux conséquences gravissimes pour elle et son entourage.

À la lecture de ce descriptif apparaissent des erreurs de sécurité que nous commettons pourtant régulièrement. La plus significative est sans doute le fait que le sac à main de Monique contenait les clés et les papiers de son véhicule, alors qu'elle empruntait les transports en commun. Ses agresseurs purent donc accéder à l'identification du véhicule, le démarrer et circuler dedans en toute légalité, le temps du dépôt de plainte impliquant son inscription au Fichier des véhicules volés.

Les trafiquants utilisent prudemment des réseaux d'exportation de véhicules volés vers certains pays d'Europe de l'Est, dont les frontières terrestres se trouvent à quelques heures des nôtres, ou vers le Maghreb, via une étape dans des ateliers de démontage en pièce détachées.

Comment prévenir de telles situations ?

- Je conserve les clés du véhicule à mon domicile si je n'ai pas prévu de l'utiliser.
- Je ne laisse jamais les papiers à l'intérieur durant le stationnement.
- Je ne regroupe pas les clés et les papiers du véhicule dans un même bagage.
- Je possède impérativement un double des clés de ma voiture.

- Je sépare le double de l'original.
- Je ne stocke jamais de clés dans l'habitacle.
- En cas de vol ou de perte des clés, j'éloigne le véhicule ou le sécurise à l'aide d'un dispositif complémentaire (blocage du volant ou de la pédale de frein, autre forme d'antivol). Tant que je n'en dispose pas, je débranche la batterie entre chaque utilisation. Ainsi, en se rendant sur le parking, celui qui a pris possession de mes clés ne pourra détecter mon véhicule grâce à la télécommande, de fait devenue inopérante.
- Je n'utilise pas de porte-clés indiquant le numéro d'immatriculation du véhicule, ni même de désignation commerciale de celui-ci.

- Je conserve mon permis de conduire ainsi que mon passeport à mon domicile en l'absence de nécessité d'utilisation.

La petite délinquance ne se contente plus de récupérer les quelques euros dans un sac à main : tout ce qu'il contient est susceptible d'être monnayé sur le marché parallèle, que ce soit les papiers d'identité, les clés de domicile ou de bureau, les télécommandes d'ouverture, etc.

Il est donc fortement recommandé de séparer entre eux les différents effets afin de compliquer la tâche des receleurs :

- Je ne constitue pas d'énormes trousseaux de clés. Le badge de l'immeuble, la clé de votre porte d'entrée et celle de la boîte aux lettres suffiront largement à constituer un premier trousseau. De petite taille, celui-ci entrera facilement dans votre poche pour y être en sécurité.
- Je n'oublie jamais qu'une clé couplée à un document mentionnant votre adresse constitue une invitation à pénétrer à votre domicile (ou sur votre lieu de travail).

- Je range ma carte d'identité, ma carte de paiement ainsi que ma carte vitale dans des poches séparées de mon vêtement et fermées (elles ne doivent pas être accessibles de l'extérieur, comme la poche arrière d'un jean sans bouton).
- Je ne transporte dans mes bagages qu'une somme limitée en espèces, équivalente à un fond de caisse.
- Je n'ai généralement pas d'utilité à transporter de façon permanente un carnet de chèques dans son intégralité : deux ou trois chèques peuvent suffire, à condition d'en conserver les références à mon domicile pour pouvoir, en cas de besoin, y faire opposition.
- Dans la mesure du possible, j'utilise un système de géolocalisation pour mon véhicule.
- À défaut, j'active la localisation de mon ou mes téléphones mobiles.

Chapitre 6

Sécuriser ses biens

Il nous incombe de penser à la mise en sécurité de nos biens en respectant quelques principes fondamentaux :

- Je commence par scanner et stocker documents d'identité et diplômes afin de faciliter une éventuelle déclaration de perte ou demande de reproduction du document en cas de dommage.
- Je dresse l'inventaire de mes biens, qui fonctionne selon la même logique que celle des contrats d'assurance : leur utilité ne devient évidente qu'en cas de doute ou de problème.

  Comme nul n'est à l'abri de rien, il convient de tenir des procédures dans le but d'optimiser la sécurisation de nos biens :
- Je réalise et consigne des clichés de mes objets. Si mon appareil le permet, je peux réaliser des photos datées, même si la date ne constituera pas une preuve définitive compte tenu du fait qu'elle peut être modifiée. En cas de besoin, ces clichés permettront de diffuser ultérieurement des avis de recherche, alimenter le dépôt de plainte en cas de vol ou constituer une preuve pénale permettant de confondre d'éventuels voleurs et receleurs.

- En cas de prêt entre particuliers et de détérioration d'un matériel, le cliché daté peut aussi faire foi d'« état des lieux » non-contractuel. Entre amis, le contrat moral prévaut en principe sur le contrat juridique.

Cas pratique

Combien de particuliers et d'entreprises ont-ils pu identifier leurs biens dérobés remis en vente sur des sites de petites annonces ou de ventes aux enchères ? Dans une telle éventualité, la simple accusation ne suffit pas à démontrer la culpabilité du receleur. Il faudra fournir des preuves.

La preuve photo, datée, détaillée et consignée, conforte la solidité de votre argumentaire. Il est donc conseillé de la conserver, à votre domicile ou sur un cloud, ajoutée à une copie de vos factures.

- Je photographie aussi les numéros de série de tous les appareils et accessoires : électroportatifs, cycles, appareils électroniques et électroménagers, remorques, et tout objet susceptible d'être dérobé. En l'absence de numéro de série, par exemple des bijoux, vous pouvez les marquer de façon personnalisée au feutre indélébile ou au pyrograveur.

  Attention : Dans la mesure où, en cas de confrontation judiciaire avec un tiers, le doute profite généralement à la personne accusée, l'absence de preuve matérielle évidente ou de traçabilité argumentant votre propos jouera fatalement en votre défaveur, avec les conséquences qui peuvent en découler.

- Je prévois des accès sécurisés à mes biens et documents les plus précieux : caissons de bureau, accès verrouillés, coffres scellés, vélos et motos entravés et cadenassés, vestiaires et abris de jardin fermés…

- Face à la routine, aux piratages, aux indiscrétions et divers stratagèmes à but malveillant, je modifie périodiquement mes codes d'accès, sessions, codes confidentiels (Pin, informatiques…) et digicodes.

- Je ne les enregistre jamais sur mes appareils, en m'efforçant de les mémoriser et de les saisir à chaque connexion – cela entretient la mémorisation (s'il est saisi automatiquement, je le formule mentalement).

  Cette démarche aura le mérite de protéger vos données personnelles en cas de vol ou d'usage frauduleux de vos appareils.

- Les bons comptes faisant les bons amis, je n'hésite pas à contractualiser le prêt ou la mise à disposition de mes biens. En fonction de la situation, je formalise par un écrit (document, SMS, courriel) prévoyant les conditions de mise à disposition et de restitution du bien.

  Vous serez ainsi mieux protégé contre la mauvaise foi des profiteurs en tous genres, fussent-ils de vos amis.

- J'envisage l'éventualité du remplacement de mon bien dégradé, de sa remise en état ou de son remboursement lorsque je le prête ou le mets à disposition. Le cas échéant, le numéro de série du bien figure impérativement sur le contrat pour éviter toute substitution frauduleuse de votre bien par un autre.

Le saviez-vous ?

Les factures, originales ou copies, servent aussi de justificatifs pour estimer une base d'indemnisation en cas de sinistre (incendie ou dégât des eaux). Il est donc essentiel de les conserver, y compris à l'abri d'une destruction accidentelle.

Dans les lieux publics
Restaurant, bar, parc, gare…

La routine est l'ennemie de la prudence, alors que la prudence est mère de sûreté. Par conséquent, nous devons veiller à conserver un haut niveau de vigilance permanente dès que nous sortons de notre domicile. Les situations qui nous sont préjudiciables se déroulent le plus souvent consécutivement à nos propres négligences, ce qui revient à dire qu'il vaut mieux suivre l'adage « Aide-toi et le Ciel t'aidera. »

- Attablé au restaurant ou en terrasse, je n'abandonne jamais ni ne perds de vue mon ordinateur, mon mobile, mes clés, mon portefeuille... Pas même pendant le temps, aussi court soit-il, d'aller aux toilettes, au comptoir commander ou régler l'addition, de répondre au téléphone en s'éloignant de la table.
- J'applique des dispositions de sécurité éprouvées : en terrasse, par exemple, je passe la poignée ou la lanière de mon bagage (un sac à main ou une sacoche informatique) sous le pied de ma chaise, en prévention des vols à la tire.

- Je m'attable de préférence dos au mur pour éviter d'être approché ou surpris par l'arrière.
- Je garde mon téléphone près de moi, visible en permanence ou, de préférence, dans une poche, pour ne pas tenter le Diable, qui se cache dans les détails, comme chacun le sait. De même, lorsque je téléphone dans la rue, je tiens fermement mon appareil, afin qu'il ne me soit pas dérobé à l'arraché.
- Notamment dans les transports, mais cela vaut aussi pour d'autres circonstances, si je suis assis près de la porte, je veille à ce que personne ne puisse voler mes affaires en sortant rapidement au moment où se referme la porte.

  Dans le métro, il m'est arrivé d'être témoin d'une scène pour le moins évocatrice : un jeune homme assis sur la banquette à proximité de la porte a manqué se faire voler son téléphone par un individu sortant précipitamment. S'il avait mis son téléphone sur son autre oreille, c'est-à-dire celle à l'opposé de la porte, le voleur n'aurait pas même pu esquisser la moindre tentative. À bon entendeur…
- Malheureusement, une passagère du tramway porteuse d'un collier en or n'a pas eu cette chance : un voleur a profité des ultimes secondes avant la fermeture des portes pour le lui arracher et s'enfuir sans que quiconque ait eu le temps de réagir. En conséquence, nous devons être particulièrement vigilants lorsque retentit la sonnerie, c'est le moment fatidique choisi de préférence par les voleurs pour s'éclipser.

Chapitre 7

La sécurité de l'habitat

Posséder un chez-soi, c'est disposer d'un sanctuaire inviolable, un cocon dans lequel l'on s'abrite de la pluie et des dangers, où l'on se détend et l'on vit en sécurité avec ses proches.

Cependant, la notion d'espace privé ne freine pas la délinquance, dont les agissements n'obéissent à aucun ordre moral, sinon celui de leur intérêt financier. Par exemple, il n'est pas rare de voir des domiciles privés visités en présence de leurs habitants, le jour comme la nuit.

Sans aller à l'excès, prendre conscience de l'existence de ces dangers constitue le premier pas vers la mise en œuvre stratégique de l'action préventive. Il ne faut pas, d'ailleurs, s'arrêter sans passer à la mise en œuvre, car ces atteintes s'avèrent particulièrement préjudiciables et traumatisantes. Le premier conseil portera toutefois sur une question de sécurité intérieure et interne :

- J'équipe mon domicile de détecteurs de fumée et d'au moins un détecteur de monoxyde de carbone (pour les chaudières au fioul ou au gaz), leur absence étant à l'origine de bon nombre d'accidents domestiques. Nous avons d'ailleurs constaté que la cause d'incendie la plus fréquente est la cigarette incendiant incidemment le matelas d'un propriétaire exténué ou alcoolisé, brûlé vif pendant son sommeil…

Le monoxyde, ou CO, est un gaz de combustion particulièrement toxique et dangereux, car il est inodore et incolore. Il est dégagé par les chaudières défectueuses.

Principes fondateurs

- Sans les clés, la porte d'entrée d'un domicile ne doit s'ouvrir que par une personne qui se trouve à l'intérieur.
- Sauf circonstances particulières, ma porte d'entrée doit donc demeurer fermée, et les visiteurs sont tenus d'avoir été invités à y pénétrer.
- La vigilance et les bonnes relations de voisinage : la solidarité entre voisins demeure un point important de la sécurité et participe au bon vivre-ensemble. Je veille donc, dans la mesure du possible, à entretenir d'excellents rapports avec mes voisins.
- D'expérience policière, je peux attester de la fragilité particulière des personnes isolées (retraités, personnes seules ou dépressives…). Les épisodes de canicule, de grand froid ainsi que les périodes de fête exposent ce public à des dangers particuliers, dont le risque suicidaire. C'est pourquoi nous devons être un minimum vigilant et attentif, mais aussi attentionné, à l'égard de ceux qui nous entourent.

Le saviez-vous ?

Les bandes organisées sont susceptibles de pénétrer dans un domicile par une fenêtre mal fermée, ou forcée par un système de pesée (par exemple avec un tournevis).

S'ils constatent la présence d'une serrure à condamnation ou à bouton sur la porte d'entrée, un seul membre de l'équipe peut entrer en éclaireur et donner accès au reste du groupe en déverrouillant la porte d'entrée, permettant accessoirement l'évacuation des objets encombrants. Le choix de la serrure est donc primordial.

➢ Dans une maison individuelle ou un appartement situé au rez-de-chaussée, il est impératif d'utiliser un canon à clé des deux côtés de la serrure, à la différence de celle à bouton (cf. image suivante). En résumé, il faut pouvoir ouvrir avec une clé de chaque côté de la porte, à l'extérieur comme à l'intérieur. Ainsi, un malfrat qui aurait réussi à pénétrer dans les lieux ne pourra pas ouvrir simplement la porte à ses complices s'il n'a pas la clé.

  À noter que la longueur de la serrure doit être adaptée au modèle de la porte, afin d'en sécuriser l'ouverture.

Source de l'image : https://www.amazon.fr/Bricard-Cylindre-Barillet-serrure-BRICARD/dp/B01M7PSE5H

- A contrario, dans un appartement, vous pouvez utiliser une serrure « bouton » à condamnation, le vol par escalade étant plus rare au-delà du premier étage. Il n'est donc pas nécessaire d'acquérir une serrure s'ouvrant avec une clé de chaque côté de la porte.

  Ce dispositif vous aidera à systématiser le verrouillage de votre porte lorsque vous entrez dans votre domicile.

Source de l'image : https://www.clef-en-ligne.com/5000-cylindre-de-serrure-vachette-v5-a-bouton.html

- En maison ou en rez-de-chaussée, en présence d'une porte semi-vitrée ou d'une fenêtre à côté de la serrure, le risque est multiplié si on laisse la clé sur la serrure à l'intérieur : il suffit aux cambrioleurs de casser le verre, de prendre la clé et d'entrer.
- Retenez l'importance de la discrétion : je contrôle la nature de mes informations sur les réseaux sociaux. Outre les données personnelles, des clichés de votre maison ajoutés à votre identité et à votre adresse récupérée, par exemple, sur l'annuaire téléphonique ou sur le registre de commerce peuvent susciter la malveillance.
- La publication de mes photos de vacances et de ma position géographique en temps réel sur Facebook ou Instagram renseigne directement et publiquement sur mes dates d'absence. Je veille donc aux informations que je publie.
- Je reçois mes visiteurs dans un espace n'offrant pas de visuel sur mes objets de valeur. Cela s'applique particulièrement aux personnes que je ne connais pas, comme les installateurs de fibre optique, de compteur Linky, etc.
- Je ne stocke pas mes clés, sacoches et papiers d'identité dans le sas d'entrée. Je choisis, de préférence, un tiroir dans un meuble du séjour.
- Personne ne doit pouvoir profiter d'un passage aux toilettes ou dans la salle de bains pour me porter préjudice.
- Sur la façade de la maison, je fais poser de façon visible un dispositif d'alarme ou de vidéosurveillance. Cela dissuadera les maraudeurs de s'arrêter chez moi.

- La sirène extérieure doit être posée suffisamment en hauteur de façon à pouvoir échapper aux dégradations. D'expérience policière, il a été constaté qu'elles étaient parfois neutralisées en étant percées et remplies de mousse expansive, ou arrachées et précipitées dans un seau d'eau. C'est pourquoi les installateurs recommandent qu'elles soient installées au moins à 5 ou 6 m de hauteur.

  Les services de télésurveillance privés provoquent l'intervention d'un agent de sécurité à chaque déclenchement d'alarme.

- Généralement, un code secret à 4 ou 6 chiffres permet de désactiver le système en pénétrant à votre domicile, et à réarmer le système quand vous sortez. Je n'oublie ni le code ni de brancher l'alarme lorsque je m'absente, même pour peu de temps.

À savoir

Ces systèmes prévoient l'existence d'un code contrainte spécifique, comme dans les banques, qui, quand il est utilisé, déclenche automatiquement l'intervention des forces de l'ordre. Cela permet de les alerter discrètement en cas de contrainte sous la menace.

Source image : https://www.manomano.fr/cat/clavier+alarme

- Si je possède un abri de jardin, je prévois son verrouillage efficace, de façon à éviter de fournir aux malfaiteurs les outils nécessaires à l'ouverture de mon domicile ou de ceux du voisinage (marteaux, pieds de biche, tournevis, électroportatifs…).

- J'attache soigneusement (ou cache) mes cycles, échelles, escabeaux, diables, notamment avant mes départs prolongés, car ils peuvent servir à pénétrer ma demeure.
- Si ma maison dispose d'une prise électrique extérieure, je veille à en couper l'alimentation en permanence, en ma présence comme en mon absence, afin de ne pas fournir de moyen d'énergie aux outils d'éventuels effracteurs.
- En cas d'absence prolongée d'une durée supérieure à sept jours, les règlements d'assurance prévoient que soient coupée l'alimentation générale en eau, en gaz et en électricité afin de prévenir les risques d'inondation, d'incendie, d'explosion et d'intoxication (du voisinage). Je m'y astreins, afin de limiter le risque de mauvaise surprise à mon retour.
- En coupant mes réseaux, je pense également à dissimuler du mieux possible les extincteurs. En effet, les cambrioleurs ont le souci d'effacer les traces de leur passage (empreintes de pas, ADN et empreintes digitales). Pour ce faire :

  – ils bouchent les évacuations des éviers, baignoires et lavabos, et laissent couler les robinets à grandes eaux avant de prendre la fuite ;

  – ils vident les extincteurs en répandant leur contenu sur l'ensemble de la surface visitée.

Prévenir les risques d'intrusion

- Vos fenêtres doivent être équipées de volets ou de barreaudage.
- Les volets doivent être fermés le plus souvent possible en votre absence. Même si cela indique qu'il n'y a personne, ils entravent l'intrusion et retardent le cambrioleur, ce qui pourra même l'amener à renoncer s'il devient trop long et donc risqué de pénétrer dans les lieux.
- Les commissariats et les polices municipales proposent le dispositif « Opération tranquillité vacances » pendant les vacances scolaires[4]. Vos clés de portail peuvent être consignées au poste et un équipage effectue une ronde quotidienne à l'extérieur de votre domicile pour s'assurer de l'absence d'effraction sur vos menuiseries (portes et fenêtres). Les forces de l'ordre s'engagent à vous contacter et à intervenir en cas de suspicion de cambriolage.
- Soyez vigilants quant aux signaux inhabituels autour de votre maison ou de celles de vos voisins : visites récurrentes de démarcheurs, marquages fluorescents au sol ou à ses abords, avis de recherche fantaisistes placardés aux poteaux, tracts suspects dépassant de votre boîte aux lettres... Tous ces signaux peuvent s'avérer être des indications de maisons ciblées à l'attention de complices. Dans ce cas, rapprochez-vous de la mairie ou du commissariat pour signaler les faits.

4. Pour s'inscrire et accéder au formulaire : https://www.service-public.fr/particuliers/vosdroits/R41033.

Faire face à l’adversité : dissuader

Dans les cas de force majeure, il est possible de doter son domicile d’une arme de défense à titre dissuasif ou pour assurer sa légitime défense.

Il est important de préciser que l’arme, même si elle est acquise et conservée légalement à votre domicile, n’est pas seulement indissociable de son propriétaire, mais aussi du lieu dans lequel elle est conservée et déclarée. En conséquence, son acquisition et son transport, même exceptionnel, nécessitent des justificatifs, tels que les preuves d’achat et le certificat médical pour son enregistrement en préfecture, et sont même interdits sans motif légitime.

Vous ne pouvez en aucun cas l’exhiber ou menacer un tiers avec une arme de défense, sous peine de poursuites pénales. Elles sont conçues pour un usage réglementé dans le strict cadre de la légitime défense.

Voici la liste des armes classées en catégorie D pouvant être achetées et détenues librement :

- Arme non à feu camouflée.
- Par exemple, une canne parapluie épée.
- Arme blanche de type poignard, couteau-poignard, matraque, couteau.
- Arme incapacitante agissant par projection ou émission.

- Par exemple, certaines bombes lacrymogènes d'une capacité maximale de 100 ml.
- Arme à impulsion électrique de contact qui provoque une incapacité et agit à bout touchant.
- Par exemple, une matraque électrique ou un poing électrique, mais pas un pistolet Taser.
- Arme ou lanceur dont le projectile est propulsé de manière non pyrotechnique avec une énergie à la bouche comprise entre 2 et 20 joules.
- Par exemple, un lanceur de paintball, une carabine à air comprimé.
- Arme conçue exclusivement pour le tir de munitions à blanc, à gaz ou de signalisation, non convertible pour d'autres projectiles

À la question « Peut-on porter une arme pour se défendre (couteau, bombe lacrymogène...) ? », voici la réponse de l'Administration :

> Pour déterminer si vous avez une raison valable de porter ou transporter une arme, les forces de l'ordre, ou le juge en cas de litige, **tiennent compte du lieu, des circonstances et du contexte.**
>
> L'examen du motif légitime se fait **au cas par cas**.
>
> Ainsi, prétendre que l'arme servirait à mieux affronter une altercation ou un danger ne constitue pas un motif légitime en soi.

Cela dépend des lieux, des circonstances et du contexte.[5]

En cas de non-respect de la réglementation sur le port et le transport des armes, les sanctions peuvent aller jusqu'à l'emprisonnement. Une patrouille de police peut toutefois se montrer indulgente si, par exemple, une femme est contrôlée porteuse d'un spray lacrymogène. C'est le discernement qui permettra aux forces de l'ordre de comprendre l'usage auquel vous destinez votre arme.

En vacances, à l'hôtel ou au camping

La vie moderne nous amène parfois à déplacer notre habitat, au moins à titre provisoire. Dans la plupart des cas, nous retrouverons les mêmes situations à risque que celles décrites dans les pages précédentes, amplifiées par le fait de nous rendre dans un lieu dont nous ne connaissons pas forcément les us et les coutumes.

C'est particulièrement le cas à l'étranger, où doivent être mises en place des précautions spécifiques. En effet, dans certaines zones du globe, les touristes occidentaux sont malheureusement perçus comme des cibles de choix. Généralement, les autorités des pays touristiques, soucieuses de leur image et de son impact sur le marché du tourisme, prennent des mesures drastiques contre la délinquance locale, ce qui se révèle malheureusement insuffisant.

---

5. Source : https://www.service-public.fr/particuliers/vosdroits/F33658

- Préalablement à mon départ, j'emporte les coordonnées du consulat de France du pays d'accueil. Ce service de l'administration française vous permettra de faciliter votre retour en cas d'incident.
- Je numérise ou photocopie mes documents d'identité, et les sépare dans mes différents bagages. En cas de vol ou de perte, votre signalement au consulat de France sera ainsi mieux pris en compte. Obtenir l'aval des autorités françaises vous sera indispensable pour embarquer sur votre vol retour en cas de perte des documents originaux.
- Je n'emporte mon passeport que si nécessaire. La carte nationale d'identité donne accès à un grand nombre de destinations. Il est alors inutile de transporter un document particulièrement convoité par les faussaires.
- À l'hôtel, je préfère consigner mes documents à l'accueil plutôt que dans ma chambre. Le cas échéant, j'utilise le coffre-fort et programme moi-même un code d'accès d'un haut niveau de confidentialité. J'évite, par exemple, le choix de mon année de naissance ou de celle d'un proche présent avec moi.
- Je veille à ne transporter qu'une somme limitée en numéraire. Je peux opter en priorité pour une formule *All inclusive*, afin de limiter mes besoins en numéraire sur place.
- Je suis particulièrement vigilant en procédant à la location d'un véhicule ou de tout matériel exigeant une caution de ma part. Des systèmes d'escroquerie rodés visent principalement à vous déposséder du droit de récupérer votre dû.

- Même en prenant l'ascenseur, si je suis seul(e) et que je ne « sens » pas la personne qui va monter avec moi, rien ne m'interdit de passer mon tour et de prendre le suivant.

  En matière de sécurité, il peut s'avérer utile de ne pas négliger son ressenti ni les signaux d'alerte qui s'allument parfois pour nous prévenir d'un danger, ce qui s'appelle « le sixième sens ».

Chapitre 8

La sécurité au volant

Parmi les principales causes de mortalité, les accidents routiers arrivent en tête pour certaines tranches d'âge, avant le suicide ou les accidents domestiques. Afin d'effectuer des trajets sereins, quoi de mieux qu'une somme de procédures pleines de bon sens et ritualisées ?

- À la lecture de ce point, je vérifie impérativement que mon véhicule est à jour concernant les équipements d'urgence : kit de secours de base, cric, clé télescopique (pour démonter les roues), roue de secours, gilets et triangle.
- Sur un véhicule équipé de douilles d'écrous antivol, je prends connaissance de la cachette de la clé, sinon je ne pourrai changer le pneu en cas de crevaison.
- Je m'équipe en accessoires de confort : lampe frontale et piles de secours, chargeur adapté à mon téléphone mobile, parapluie, imperméable. Pour les longs trajets, j'ajoute une trousse de premiers secours, un plaid ainsi que des denrées non-périssables (eau, barres de céréales...).
- Au démarrage du véhicule, les niveaux doivent avoir été rigoureusement contrôlés, ainsi que l'état d'usure et de gonflage des pneumatiques.
- En période hivernale, les vitres doivent impérativement être dégivrées avant de quitter le stationnement, afin de ne pas gêner la visibilité et risquer un accident.

- Je fais attention à ne pas placer mes effets personnels de façon trop visible dans l'habitacle. Le plus souvent, les voleurs à la tire repèrent leur victime avant le passage à l'acte : un sac à main posé en évidence sur le siège passager ou sur le tableau de bord vous expose au danger. Si vous décidiez toutefois de maintenir votre bagage dans l'habitacle, engagez sa poignée dans le dispositif d'une ceinture de sécurité, au niveau d'une boucle qui devra être verrouillée.
- En zone urbaine, je me méfie des individus plantés aux abords des feux rouges ou près des stops. Sur autoroute, ils peuvent sévir aux heures de pointe, lorsque la circulation est dense, à moto, à pied ou à vélo.
- En route, j'actionne systématiquement le verrouillage centralisé à partir du bouton de commande prévu à cet effet sur le tableau de bord.
- Agir ainsi aura le mérite de compliquer la tâche de toute personne mal intentionnée. Je n'éprouve aucune gêne à devoir verrouiller ostensiblement les portières en cas de crainte, justifiée ou non. Rappelons qu'il n'existe aucune politesse en matière de sécurité.
- Les voleurs à l'arraché passent le plus souvent par la porte passager avant du véhicule, le cas échéant par le hayon pour pénétrer dans l'habitacle. Restez vigilant(e) quant à cette possibilité.
- En cas d'agression en pleine circulation, je maintiens enfoncé mon avertisseur sonore afin d'attirer l'attention et créer un effet de panique dissuasif sur votre opposant.

- À la station-service ou au supermarché, je garde toujours les clés du véhicule en ma possession. Je ne les laisse en aucun cas sur le contact ou la serrure en mon absence, y compris pour un court instant.
- J'emporte mes clés pour aller payer le plein, gonfler les pneus, ranger le caddie ou changer une roue.
- Je ne laisse pas le moteur tourner pendant que j'entre dans un commerce ou que je retire de l'argent au distributeur.
- Une technique prisée des trafiquants de véhicules volés consiste à percuter volontairement une cible par l'arrière avec un autre véhicule. Lorsque la victime sort de son habitacle pour constater les dégâts, un complice prend la place de la victime et s'enfuit au volant, en même temps que l'auteur du premier choc. Alors je sors avec les clés du véhicule dans ma poche.
- Il a été observé une variante de cette technique, avec un piéton qui entrave volontairement la trajectoire du véhicule, le contraignant à s'arrêter. Parfois, le piéton simule un malaise ou feint d'avoir été percuté.
- Je reste prudent quant à la visibilité des effets personnels lorsque le véhicule est en stationnement. Ainsi, j'utilise la plage arrière pour masquer le contenu du coffre ou les vitres teintées pour dissimuler mes effets personnels, y compris mes courses ou mes bagages sur le trajet des vacances.
- Dans les bouchons ou lors d'une circulation en file ininterrompue, je veille à laisser une distance entre mon véhicule et celui qui me précède : une bonne partie des vols avec violence se déroule sur les routes urbaines et les autoroutes, lorsque la densité de la circulation immobilise

les automobilistes, victimes impuissantes d'agressions d'un niveau de violence croissant. Bénéficier d'une dizaine de mètres pour avancer, reculer, se déporter et se soustraire à l'attaque de ses agresseurs peut les désarçonner et les inciter à prendre la fuite.

- Je n'actionne le mécanisme de la sécurité-enfants sur les portières arrière qu'en cas de risque réel : même si ce système est conçu pour protéger des ouvertures intempestives par les enfants, il empêche les secouristes et autres primo-intervenants d'accéder aux passagers arrière, obligeant parfois à la désincarcération.

Cas pratiques

Nombre d'accidents mortels sont recensés lors des périodes de forte chaleur, des enfants et même des adolescents s'étant retrouvés prisonniers à l'intérieur d'un véhicule verrouillé et exposé au soleil.

Il n'existe donc pas de niveau de sécurité optimal sur cette question, les risques et bénéfices de chaque situation devant être évalués au cas par cas.

- Que vous soyez conducteur ou auto-stoppeur, s'adonner de nos jours à de telles pratiques demeure certes économique, mais risqué. Dans la mesure du possible, j'évite d'être seul(e) dans des circonstances où je suis amené(e) à me rendre dépendant(e) de personnes inconnues.
- Je fais preuve d'hypervigilance en circulant en milieu urbain avec les vitres baissées ! Cela permet à un tiers d'outrepasser le verrouillage centralisé et lui donne accès à votre habitacle.

- Le risque principal, lorsque je suis arrêté à un feu rouge ou à un stop, demeure le car-jacking. Ce mode opératoire consiste à extraire le conducteur de son véhicule « moteur tournant » par la force ou sous la menace, et le déposséder de son bien avant de prendre la fuite à son bord.

Chapitre 9

Assurer sa sécurité physique

En introduction, nous avons évoqué la sécurité physique de chacun, il s'agit incontestablement du plus important. Sur la voie publique, dans les transports ou sur la route, à domicile, veiller à préserver votre intégrité physique demeure la priorité absolue.

Malheureusement, c'est d'autant plus difficile lorsque ces actes sont commis entre personnes qui se connaissent, dont les violences conjugales. Rappelons qu'en 2018 ont été déplorés 149 homicides causés par le conjoint, dont 121 femmes et 28 hommes (contre 151 en 2017 et 157 en 2016), auxquels s'ajoutent 21 enfants dans le cadre des morts violentes au sein du couple.[6] Nous ne pouvons que souhaiter que le Grenelle des violences conjugales débouche sur des mesures concrètes et qu'il y ait une vraie prise de conscience de la société, afin de faire chuter cette statistique insupportable.

Cette partie spécifique des agressions « familiales » n'entre pas dans le cadre de notre étude, bien que certains conseils puissent être appliqués.

Néanmoins, afin de mieux connaître ce qui peut arriver, donc prévenir certaines situations, notamment pour les jeunes, il

6. Source des chiffres : *Grenelle des violences conjugales : les 10 chiffres à connaître*, Florian Tardif, CNEWS, 03 septembre 2019. https://www.cnews.fr/france/2019-09-03/grenelle-des-violences-conjugales-les-10-chiffres-connaitre-874922

nous a semblé nécessaire de présenter les résultats de l'étude du ministère de l'Intérieur intitulée *Viols, tentatives de viol et attouchements sexuels*[7], dont voici un extrait :

> Grâce à l'enquête de victimation « Cadre de vie et sécurité », on évalue en France métropolitaine à environ 220 000 le nombre annuel de victimes de viols, de tentatives de viol et d'attouchements sexuels parmi les personnes âgées de 18 à 75 ans. Parmi elles : environ 185 000 femmes (83 %) et 80 000 jeunes majeurs âgés de 18 à 29 ans (35 %). Les viols représentent 40 % de ces agressions sexuelles.
>
> Deux victimes sur trois connaissaient personnellement leur agresseur ; bien souvent il s'agit du conjoint ou d'un ancien conjoint ou concubin (30 % des victimes). Environ une victime sur cinq est agressée par un inconnu, et une sur sept par une personne connue de vue seulement. Du fait des liens qui existent souvent entre la victime et son agresseur, les violences sexuelles se déroulent fréquemment au domicile de la victime, et seule une agression sur dix a lieu dans la rue ou les transports en commun. Pour les mêmes raisons, les agressions sexuelles sont souvent des violences répétées.
>
> Quatre victimes sur dix sont brutalisées pendant l'agression et une sur dix porte des blessures physiques visibles après les faits. Près de 60 % des victimes font état de séquelles psychologiques importantes. Seule une

7. *Viols, tentatives de viol et attouchements sexuels* – Interstats Analyse n° 18, décembre 2017, ministère de l'Intérieur. L'enquête n'a pas été réalisée en 2020 pour raison sanitaire.

minorité de victimes se tournent vers les professionnels de santé, les services sociaux ou les associations d'aide aux victimes. À peine une victime sur douze (8 %) porte plainte auprès des forces de sécurité.

La fréquence des agressions sexuelles commises par une personne connue de la victime varie peu d'un territoire à l'autre. En revanche, les agressions commises par un inconnu ou une personne connue de vue seulement sont plus fréquentes dans les grandes agglomérations. Que l'auteur soit connu ou non, les jeunes, les femmes et les personnes modestes sont les plus victimes de violences sexuelles.

Gardons en mémoire cette information : « Deux victimes sur trois connaissaient personnellement leur agresseur. » Ainsi, vaut-il peut-être mieux pour une adolescente d'éviter de se retrouver seule chez un cousin ou, en tout cas, que le risque soit évalué à sa juste proportion. Il ne s'agit pas pour autant de s'enfoncer dans la paranoïa et considérer que tous les membres de la famille sont toxiques ; cependant, faire preuve de prudence peut éviter un drame qui laissera des traces traumatisantes.

À défaut de pouvoir être exhaustif face aux multiples situations de la vie courante, prendre connaissance de ce qui suit permettra d'orienter votre réflexion de façon durable et préventive sur la façon de les contourner.

La première règle de prévention consiste à éviter de se trouver dans des situations à risque, c'est une évidence. Il n'est donc pas nécessaire d'en dresser la liste. Ensuite, ainsi que nous l'avons déjà mentionné en début de livre, il vaut mieux fuir que se laisser embarquer dans une confrontation, dont nous ne sortirons pas gagnant(e). Quelques règles de base peuvent toutefois s'avérer utiles à titre préventif.

- Dans le métro ou le train, notamment aux heures tardives, je ne m'installe pas dans un wagon où je suis seul(e). Je choisis de préférence une place où il y a un peu de monde. En fonction de la situation, je m'installe près du signal d'alarme, que je repère en pénétrant dans l'espace.
- La vie nocturne est propice aux agressions. En conséquence, je ne consomme que des boissons dont la bouteille a été décapsulée devant moi. En effet, il faut se méfier des drogues, notamment du GHB[8], dite « drogue du violeur », mélangées aux boissons des victimes tandis qu'elles ne sont pas attentives. De même, je ne rebois pas dans le même verre si je l'ai perdu de vue, par exemple pour aller aux toilettes ou sur la piste de danse. En effet, le GHB est très difficile à détecter lorsqu'il est dissous dans de l'alcool, car il ne sent rien et n'a aucun goût. Ce conseil s'adresse en priorité aux femmes, mais des hommes en sont aussi victimes. Il faut d'autant plus être vigilant(e) que cette drogue présente la particularité de faire oublier, au moins en conscience, ce qui a pu se produire en étant sous sa dépendance. Il n'y a donc pas qu'en boîte de nuit qu'il faut être vigilant. Ainsi, en tant que policier j'ai reçu le témoignage d'une femme qui s'était réveillée dans un

8. « Le **GHB** (gamma-hydroxybutyrate) ou Gamma OH est une molécule anesthésique à usage médical. Il a une double action : euphorisante, puis sédative. Son utilisation comme drogue est cantonnée à certains lieux de la vie nocturne. Il est classé comme stupéfiant. Il est généralement vendu sous forme de poudre soluble ou sous forme liquide et est ingéré. » Source : https://www.drogues.gouv.fr/comprendre/les-produits/ghb-gbl.

appartement qu'elle ne connaissait pas. Elle ne se souvenait de rien, mais avait la culotte étrangement baissée. C'est alors qu'interviennent les analyses permettant d'analyser ce qui a pu se passer, ainsi que nous le verrons ci-dessous.

Limiter les conséquences d'une atteinte corporelle

- Une atteinte corporelle peut aussi être causée par diverses substances. Ainsi, à domicile, je conserve les médicaments et autres produits toxiques (ménagers, détergents, chimiques…) en hauteur, hors d'atteinte par les enfants en bas âge. C'est vital.
- Je m'équipe, à domicile et dans mon véhicule, de matériels de premiers soins et de premiers secours, en vérifiant régulièrement la date de validité des différents produits.
- Je me forme aux gestes de premiers secours : sur internet ou auprès d'organismes spécialisés, l'apprentissage de ces gestes peut sauver des vies. Aucun réflexe naturel n'est efficace en de telles situations, ce sont des techniques qu'il faut apprendre.

Le saviez-vous ?

Il est courant, dans les séquences vécues ou filmées, d'observer sur des scènes d'accidents que des primo-intervenants ont recours à la mise en PLS (position latérale de sécurité) des victimes.

Ce geste, conçu pour sauver, peut provoquer des dommages considérables s'il est mal appliqué.

Nous rappellerons que la PLS ne s'applique exclusivement qu'aux victimes inconscientes, afin de prévenir l'étouffement par leurs propres sécrétions. Il sera conseillé, au préalable, de procéder à la libération des voies aériennes (vêtement, casque, cravate serrée…) et, en attendant qu'ils arrivent, à suivre les consignes communiquées à distance par les secours, que nous n'aurons pas manqué de prévenir immédiatement.

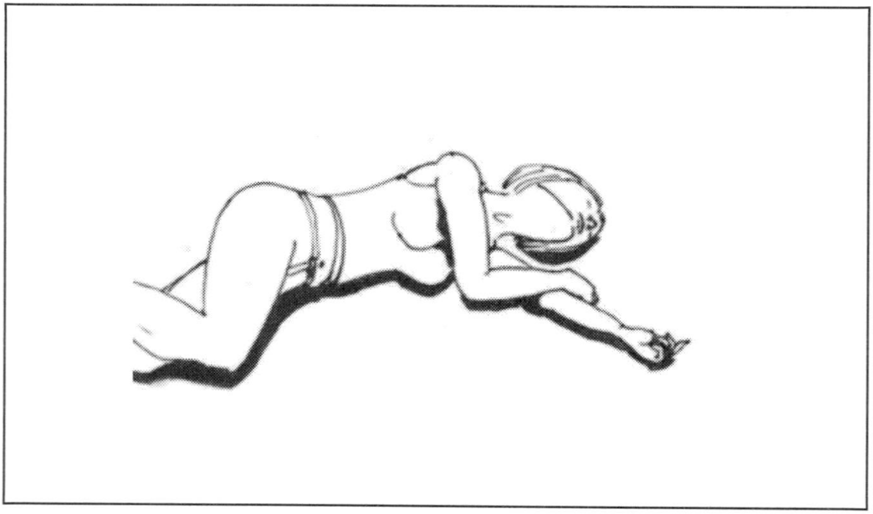

Source : Franceinfo
https://www.francetvinfo.fr/sante/soigner/position-laterale-de-securite-y-a-t-il-un-cote-a-privilegier-en-cas-d-ivresse_1512271.html

À noter qu'en période de Covid, le bouche à bouche est proscrit, alors qu'il était autrefois pratiqué alternativement au massage cardiaque, qui est donc désormais la seule technique à employer dans l'attente des secours.

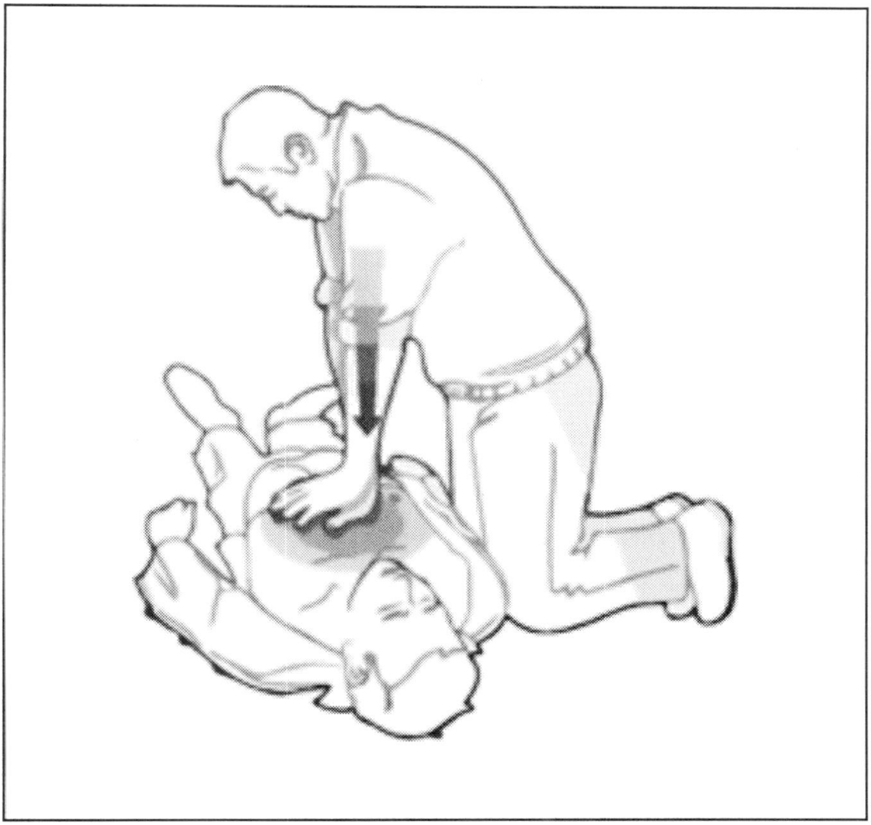

Source : Fédération française de cardiologie
(https://fedecardio-alpes.fr/les-gestes-qui-sauvent)

Face à une agression, j'adopte les bons réflexes

- En premier lieu, je prends conscience et garde à l'esprit qu'un agresseur n'a rien d'un ami bienveillant, même s'il insinue le contraire. Par conséquent, aucune de ses consignes ou recommandations ne sera dispensée dans mon intérêt.

  Il est cependant possible de hiérarchiser les risques en vue de minimiser les conséquences d'une telle situation sur votre intégrité physique et psychique.

- Je me soustrais absolument à la menace et, dès que possible, par la négociation ou par la fuite, en abandonnant au besoin mes bagages et mes biens. Un préjudice matériel se compense quasiment toujours, à la différence d'un préjudice physique ou psychologique.
- Avant une rencontre avec un inconnu, je laisse le maximum de traces et d'éléments de mon historique sur mon matériel informatique et/ou téléphonique (bloc-notes). Je peux choisir de confier l'existence de ces éléments à une personne de confiance, sans pour autant les lui livrer dans le détail. À méditer : mes amis d'aujourd'hui ne sont pas nécessairement ceux de demain.
- À temps perdu, pour évaluer mon état de santé et mes capacités physiques, j'essaie de sprinter sur une distance de 200 mètres, comme pour prendre la fuite. Contrairement aux idées reçues, l'adrénaline n'optimise pas systématiquement mes performances, au contraire parfois.

- Je n'ai pas la naïveté de croire qu'un quelconque bourreau sera indulgent si j'obtempère à ses (éventuelles) consignes de discrétion. Par conséquent, j'appelle à l'aide dès que possible, ainsi que nous l'avons déjà indiqué.
- Si je n'ai pu fuir et suis obligé(e) d'en passer par une confrontation physique qui me sera défavorable, je protège mes zones vitales et sensibles : visage, cou, colonne vertébrale, parties génitales, crâne.

Au sol, je me recroqueville (position fœtale) en croisant les jambes, genoux vers la poitrine, je rentre ma tête avec le menton dans la poitrine, j'entrelace mes doigts pour protéger ma nuque, qui abrite mes vertèbres cervicales. Je hurle autant que possible afin de créer un effet de panique chez l'agresseur et écourter au maximum ce moment désagréable.

- Je m'exerce au calme, à la salle de sports ou à mon domicile. En effet, avoir peur ou non n'a aucune incidence sur l'éventualité d'une agression. Il vaut donc mieux l'envisager et se préparer du mieux possible, tant physiquement que mentalement.

Face aux situations de danger extrême

Dans le cas d'un crime de sang ou d'un viol, il n'y a malheureusement pas de solution miracle si aucune action n'a pu les empêcher. Ces agissements, quand ils ont lieu sous la contrainte d'une arme ou par la force, vous condamnent le plus souvent à en subir les conséquences, ne serait-ce que pour rester en vie. De plus, cela permettra de faciliter l'arrestation du ou des coupables, ce qui est l'objet des conseils de cette partie.

À postériori, les enquêteurs utilisent dans leurs investigations les témoignages oculaires, les images de vidéosurveillance, le bornage téléphonique... Par exemple, il leur est utile de connaître les données de bornage du téléphone de l'auteur présumé des faits : l'heure approximative ou exacte d'un SMS ou d'un appel émis ou reçu, associé à l'endroit précis où il se trouvait en cet instant. Dans une zone rurale peu fréquentée, les investigations sur le bornage restent moins conséquentes à mener, car il y a moins de densité d'appels sur une même balise, ce qui permet de resserrer l'étau sur le coupable de façon plus certaine. De même, les informations de votre téléphone peuvent contribuer à retracer votre itinéraire.

Les empreintes digitales présentes sur la victime, sur ses effets, sur tout objet qu'elle aurait manipulé de façon apparente sont une aide précieuse pour l'enquête, qu'il s'agisse de la poignée d'une porte ou du volant d'une voiture, des touches d'un distributeur automatique, d'un téléphone, d'un verre ou d'une bouteille au domicile ou dans un bar, d'une arme blanche ou d'une arme par destination…

- Les empreintes digitales sont prélevées sur la base des seules informations mises à disposition des enquêteurs. C'est pourquoi, dans une situation désespérée, je suis autant que possible attentif à ces détails d'importance, afin de pouvoir les restituer rapidement aux forces de l'ordre, donc de limiter le risque de pollution de la scène par d'autres passants ou usagers.

Par exemple, un verre utilisé dans une brasserie pourra être mis sous scellé s'il est consigné avant son passage à la plonge, comme tout objet jeté au sol ou à la poubelle avant le passage des services de nettoyage.

Après prélèvement, elles sont comparées à celles qui sont consignées dans le Fichier automatisé des empreintes digitales (FAEG), qui recensent les traces des délinquants et personnes ayant fait l'objet d'une interpellation et/ou d'une signalisation.

Si les résultats de la comparaison s'avèrent négatifs, les prélèvements sont néanmoins conservés et régulièrement réinvestis dans le fichier, au fur et à mesure de son enrichissement.

➢ Les empreintes génétiques ou ADN sont prélevées sur les objets susceptibles d'avoir été approchés ou touchés par l'auteur d'un crime. Chaque cellule du corps humain en contient. Il est propre à chacun et peu susceptible d'être confondu avec celui d'un tiers, ce qui rend sa détection (quasiment) infaillible pour confondre un éventuel suspect.

Cumulé à d'autres preuves, la présence d'ADN permet à un juge de prononcer une condamnation sur la base d'une conviction attestée scientifiquement par la preuve pénale.

Sur les scènes de crime, l'ADN est principalement prélevé :

- sur les éléments visibles (vêtements, gants, cheveux, poils...) ;
- sur les fluides corporels (salive, sperme, secrétions...) ;
- dans le sang.

Ces traces peuvent se trouver sur les vêtements ou le corps de la victime. Cela implique la difficile épreuve, après une atteinte sexuelle, de ne pas laver ses vêtements ni se doucher avant de s'être rendu(e) aux unités médico-judiciaires de votre département.

Dans les cas les plus graves (notamment le viol, les blessures conséquentes...), les sapeurs-pompiers ou la police sont tenus de vous y conduire aux fins de préservation des traces et indices.

Pour les personnes inconscientes ou décédées, des prélèvements sont généralement réalisés dans la bouche, sur les parties intimes et, surtout, sous les ongles : systématiquement, dans un réflexe de défense, elle aura griffé son agresseur. Des ongles rongés ou ras ne permettent pas de réaliser ce type de prélèvements.

Dans les déchets utilisés et abandonnés par l'auteur : voiture, mégots de cigarettes, préservatifs, mouchoirs jetables, masques...

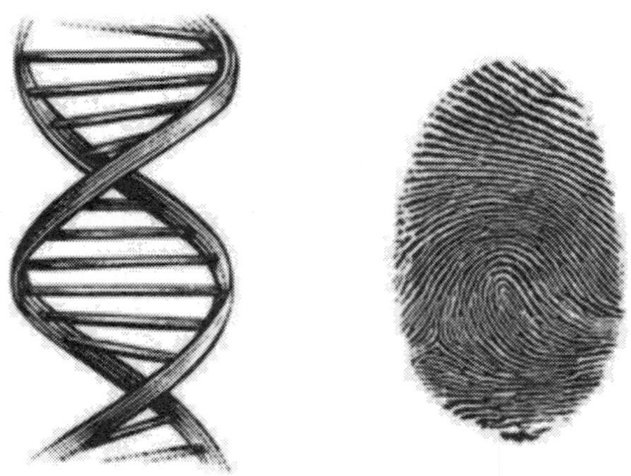

ADN et empreintes digitales

Circonstances aggravantes

Pour terminer ce chapitre sur les atteintes aux personnes, signalons que le Code de procédure pénale prévoit comme circonstance aggravante le fait d'exercer une contrainte ou une atteinte sur certaines catégories de la population. La qualité de la victime, tout comme celle de l'auteur, peuvent alors alourdir la condamnation. En voici la liste :

– les victimes : les mineurs, les personnes handicapées moteur ou mentales, celles chargées de missions de service public ou dépositaires de l'autorité publique, les personnes vulnérables ou les femmes en situation de contrainte physique ou matérielle, les membres de minorités ethniques ou religieuses sont des victimes dont la qualité, quand elle est démontrée et mise en relation avec les faits, implique une action prioritaire des services de police et de justice ;

– les auteurs : le fait de commettre des faits en réunion, en sa qualité d'ascendant ou de conjoint, en utilisant une arme ou une arme par destination (voiture, objet, accessoire...) ou en cumulant la commission d'infractions (par exemple le vol avec violences) aggrave les sanctions prévues initialement pas la loi.

L'organisation matérielle et institutionnelle autour des questions de sécurité a pour objectif principal d'entraver les processus susceptibles de porter atteinte à votre intégrité physique.

Conclusion

Comme le démontre chaque jour l'actualité, ce recueil enrichi par l'expérience policière ne peut suffire à nous préserver de l'intégralité de la délinquance : nous sommes exposés à la menace permanente de la criminalité.

À la nécessité de prendre en compte les conseils de ces pages doit s'ajouter une vigilance constante quant aux changements rapides de notre société et de ses enjeux, dans un contexte de radicalisation de toutes parts, de paupérisation et de violences croissantes.

À chacun de s'appliquer la rigueur qui s'impose en toute situation et de se protéger, ainsi que ses proches.

En espérant avoir contribué à vous préserver et à garantir votre sérénité, je vous remercie de m'avoir accompagné dans ces premiers pas. Désormais, il vous appartient de poursuivre le chemin de votre propre sécurité.

Noam Anouar

Remerciements de l'auteur

À toutes les victimes de violences physiques, politiques et institutionnelles.

À tous ceux qui persévèrent dans la défense de nos libertés.

Aux justes qui m'ont renouvelé leur soutien et leur confiance dans les moments difficiles, dont JM, Yassine, Samy, Rabah, Théophile, Peter, Tarek et tous les autres.

À Florence Nurit, pour ta disponibilité, ton aide précieuse et ton dévouement.

À Salim, pour ton talent.

Aux avocats Sophie Bourguignon, Vincent Brengarth, Daoud Achour, Benjamin Ingaelere.

Enfin, une pensée particulière pour Jean-Christophe Lagarde, Alexis Corbière et François Ruffin.

Notes

Table des matières

Introduction 5
La notion de sécurité 7
La sécurité, une affaire de service public ? 9
Les sources majeures de l'insécurité 12
De nouveaux maux, une logique ancienne 14
Qu'est-ce que la sécurité pratique ? 17

Chapitre 1 19
Agir sur soi, conditionner sa pensée : les fondamentaux

Chapitre 2 33
Méthodologie de la collecte d'information
Le smartphone, un allié de poids

Chapitre 3 45
Témoigner

Chapitre 4 55
Se prémunir contre la délinquance astucieuse et la fraude aux moyens de paiement

Chapitre 5 73
Prévenir les risques d'atteinte au véhicule

Chapitre 6 79
Sécuriser ses biens

Chapitre 7 85
La sécurité de l'habitat

Chapitre 8 99
La sécurité au volant

Chapitre 9 105
Assurer sa sécurité physique

Conclusion 119

Remerciements de l'auteur 120

Notes 121

CET OUVRAGE A ÉTÉ ACHEVÉ D'IMPRIMER
SUR ROTO-PAGE
PAR L'IMPRIMERIE FLOCH À MAYENNE
EN OCTOBRE 2021

N° d'impression : 99291
Dépôt légal : octobre 2021
Imprimé en France